名人与生活文丛

王干 主编

# 清洁的精神

## 文化名家谈历史

黄仁宇等／著

陈武／选编

广陵书社

## 图书在版编目（ＣＩＰ）数据

清洁的精神：文化名家谈历史 / 黄仁宇等著 ；陈
武选编. -- 扬州：广陵书社，2017.8
（名人与生活文丛 / 王干主编）
ISBN 978-7-5554-0843-7

Ⅰ．①清… Ⅱ．①黄… ②陈… Ⅲ．①散文集－中国
－现代②散文集－中国－现代③中国历史－研究 Ⅳ.
①I266②K207

中国版本图书馆CIP数据核字(2017)第220806号


书　　名　清洁的精神：文化名家谈历史
著　　者　黄仁宇等著　陈武选编
责任编辑　金　晶
出 版 人　曾学文

出版发行　广陵书社
　　　　　扬州市维扬路 349 号　　　　邮编　225009
　　　　　http://www.yzglpub.com　E–mail:yzglss@163.com
印　　刷　三河市华东印刷有限公司

开　　本　880 毫米 ×1230 毫米 1/32
印　　张　7
字　　数　134 千字
版　　次　2018 年 1 月第 1 版第 1 次印刷
标准书号　ISBN 978-7-5554-0843-7
定　　价　39.80 元

# 前　言

　　原始社会，人类通过结绳和口传等方法记录历史事件，例如上古传说女娲补天、大禹治水等。

　　周朝后，开始有独立职能的史官，专门记录历史事件。《尚书》是世界上最早的史书。从西周共和元年（前841）起，中国有了按年记载的编年史。西汉时著名的文学家、史学家司马迁撰写了《史记》，创建了纪传体的历史记录体裁，《史记》的规模在当时世界范围内是空前的。之后东汉时班固著《汉书》，延续发展了《史记》的体例，是中国第一部纪传体断代史。这两部历史著作，奠定了中国古典史学的基础，后来的历史学家沿用《史记》和《汉书》的体裁，将各个朝代的历史汇编成书，组成了"二十四史"，对应了各个朝代（从秦统一开始，一直到唐、宋、元、明，最后清朝结束）。除断代史之外，唐宋间出现了通史，如司马光的《资治通鉴》，这是长达一千三百六十二年的编年体通史，是一部传奇的史书。

正史虽然可靠性强，一般主观看法较少，但是正史为了简洁可靠，许多细节都未予记载。不过还好，我们有稗官野史。比如《唐语林》《古今笑》《容斋随笔》《梦溪笔谈》等等，都会让我们看到正史中记载不到的那些枝蔓，那些大事记录背后的事情。

每个人的一生都是极其精彩的，那么一个朝代呢？一个民族呢？几千年的历史，其中的阴谋诡计，机关算尽，爱恨情仇，金戈铁马，有多少故事，有多少血泪，有多少恢弘壮阔。以史为镜，可以知兴替。历史中蕴含的精彩和经验，实在是过于丰富。本书精选近现代文学大家 22 篇文章，为读者朋友展示他们眼中的历史。

# 目录

# 文景之治

□ 黄仁宇

汉朝于公元前 202 年统一全国，分封异姓功臣为王者七国，同姓子弟为王者九国。又有侯国一百余。封侯只食邑，不理民政。王国则俨然独立，"宫室百官同制京师"。这只算是中央权力还没有稳定之前，"不为假王填之，其势不定"的临时办法。所以帝业一确定，刘邦和吕后，就用种种方法，去消灭异姓功臣。内中只有长沙王吴芮被封四月之后病故，可算善终，又四传之后无嗣才除国。其他或遭擒杀，或被逼而亡命于匈奴，统统没有好结果。

而吕后以女主专政，以吕产为相国，吕禄为上将军。吕氏封有三王，引起朝内大臣和朝外诸王嫉妒，酿成"诸吕之乱"。

直到吕家势力被扑灭，文帝刘恒被拥戴登极，汉朝帝业，才算稳定。文帝在位23年，传位于儿子刘启，是为景帝，在位16年。这39年，从公元前179年到前141年，汉朝的政局，开始正规化。根据传统谥法，"道德博闻曰文"，"由义而济曰景"。文与景都是上好称呼。而刘恒与刘启间轻刑罚，减赋税，亲儒臣，求贤良，年岁收成不好就下诏责己，又不大更张，一意与民休息。其恭俭无为，在中国历史上造成"文景之治"，是中国统一以来第一次经历史家称羡的时期。

可是今日我们从长时期远距离的立场看来，这一段历史，也要赋予一种新的解释。

中国因赈灾治水及防"虏"需要，在公元之前就完成了统一，在政治上成为一种超时期的早熟。汉高祖刘邦还在沛县时，作歌鸣志自称"大风起兮云飞扬，威加海内兮归故乡，安得猛士兮守四方！"可见得他在不经意的时候已经把个人功业和国家安危看作一体。创业既艰难，守成也不容易。因此他与吕后总以巩固新朝代为前提，甚至屠杀功臣，不择手段。从个人的立场，我们不能对他们同情。其残酷少恩，至少和"闻一不义杀一不辜虽得天下不为"的宗旨相违。可是从公众利益着想，我们却又感觉到因当日情况，他们只身负责天下一统的局面之棘手，诚有如1700年后西方的马基维利（Machiavelli）著《威权皇子》（The Prince）时所说，执政者的恩怨与个人恩怨不同。司马迁记刘邦听说吕后已将他得意功臣韩信处死时，"且喜且怜之"，班固亦称"且喜且哀之"。这样的记述和其他文字上描写汉高祖的情形一致，应当是基于事实。

在纸张还未出现文书还靠木简传递之际，中国已经在一个广大的领域上完成统一，不能说不是一大成就。可是今后中国两千年仍要对这成就付出相当代价。各地区间经济因素的成长，是这些地区特殊社会与特殊文化的张本，也就是地方分权的根据。在此种因素及其广泛实施和有关习惯法制都没有发展之际，就先笼头套上一个统一的中央政府，以后地方分权，就无凭借。各地方连自治的能力都没有，又何遑论及民权？因此就只有皇权的膨胀与巩固。

文景之治，表面上人民受惠，然则其施政不出于"开明专制"（benevolent despotism）的典型。我们也知道：在一个广大的领域之上行专制，必自命开明。因为它执掌绝对的皇权，除了以"受天命"和"替百姓服务"之外，找不出一个更好支持它本身存在及其作为的逻辑。其真伪不论，即算它做得最好，顶多亦不过"民享"（for the people），而不是"民治"（by the people），长期如此，其权力必凝固而为官僚政治。

在文景之治的阶段里，最重要的一个变动，乃是公元前154年"七国之乱"。吴王刘濞是汉高祖的侄子，他的长子刘贤在文帝时侍从皇太子即是后来的景帝饮酒博弈，两人发生争执，刘贤被景帝打死，皇室将他的尸体送还吴国归葬，而吴王坚持送他回长安埋葬，有让文帝、景帝受道德责谴的样子，并且兹后即称病不朝。因此这纠葛及人命案可以视作以后吴楚叛变私下里的一个原因。

实际上还有一个原因，则是吴国处于长江下游，煎矿得铜，煮水为盐，吴王即利用这商业的财富，减轻并替代人民的赋税，因之得民心。他又收容人才，接纳各地"豪杰"。根据当日的观念，造反不一定要有存心叛变的证据，只要有叛变的能力也可以算数。所以御史大夫（皇帝的机要秘书长）晁错就说："削之亦反，不削亦反。削之反亟，祸小；不削反迟，祸大。"已指出一个地方政治经济和法制因素不能任之自由发展的道理。

果然因削藩一事吴王刘濞反，其他楚、赵、济南、菑川、胶东、胶西也反，以诛晁错为名。景帝起先倚错为先朝重臣图吴，这时又受袁盎之计杀错。晁错奉皇帝之召议事，他穿朝衣晋谒，不料被骗，临头碰上一个离间君臣大逆不道的罪名被车载东市而斩首。这样七王就失去了称兵所凭借的理由。

七国的叛变，也因先朝宿将周亚夫的指挥得当，不出三月而事平，七王皆死，首事者妻子入宫为奴。又11年之后，景帝又以条侯太尉周亚夫"此鞅鞅非少主臣也"，也就是看出他经常带有不高兴和不服气的态度，很难在继位皇帝下做社稷之臣的样子，找着细故将他下狱致死。这时汉朝同姓子弟的王国，或国除改为郡县，或被分裂为小王国，其官僚亦由朝廷遣派，一到汉武帝初年，残存的王国更有名无实，汉朝实际已恢复秦朝全面郡县的体制。司马迁作《景帝纪》时，注重刘启一朝，为"安危之机"。只有班彪、班固父子作《汉书》时才强调文帝"宽忍"，景帝"遵业"。又提出"周云成康，汉言文景"的歌颂。

中国官僚制度之下，皇帝是一切争端和是非的最高裁判者，即使对付技术问题，也必予以道德名义。很多事情其解决办法又要迅速确断，因此通常残酷少恩。汉朝的皇帝中，只有第七位宣帝刘询对此情节了解最深，而且直言不讳。他的太子见他因大臣稍出不逊之辞，即将他们处死作诤谏，宣帝即作色说："汉家自有制度，本以霸王道杂之，奈何纯任德教！"并且叹说："乱我家者，必太子也！"

这些事迹使我们知道历史资料，不仅是"真人实事"，里面经常有很多牵涉出有待我们重新考虑的情节。我们读史，尤其要注意古今环境之不同，及我们的立场与作者立场的差异。

# 隋炀帝

□ 黄仁宇

今日我们要写隋炀帝的传记，事实上会遇到很多的困难，对这题目曾下过一段功夫的 Arthur Wright 就说过："（他）既被视为典型的亡国昏君，在一大团歪曲的历史记载和传奇性道听途说之下，今人即想窥测此人的真实性格，至多也只能瞥见其一二。"

然则隋炀帝杨广，天赋甚高，文笔华美，胸襟抱负不凡，也带有创造性格。这些长处，虽批判他的人也无法否认。又譬如他于公元 608 年，令天下鹰师集长安，一来就有一万多人。610 年他又在洛阳端门街盛陈百戏，以炫耀于西蕃之朝贡者。戏场围五千步，执丝竹者万八千人，天下奇伎异艺毕集，一月方散，他自己也好几次微服去观赏。他又听说吐谷浑（鲜卑之流入青海部落）得波斯马，放在青海草原，能生骢驹，一日千里，他就入牝马两千匹于川谷以求"龙种"，后因无效而罢。如此作为，纵是为传统作史者视为荒诞不经，今日我们却从此可以揣测他富有想象力，也愿意试验，并且能在各种琐事间表现其个人风趣。

另一方面，从各种迹象看来，炀帝缺乏作为统帅的周密与慎重，也不能御将。这种弱点，也可能由于隋文帝的骄纵之故。如他年才十三，即封晋王，为并州总管（山西省省长）。公元 589 年伐陈之役，他 20 岁未满竟被任为行军元帅，指挥有六合一方面的军队不算，还节制其他各方面军事长官，如宿将杨素。这五十一万八千人不出月余，平定江南，重新统一中国，由弱冠的晋王作书报告父皇，达成任务。这一战役，固然增长其威望，也纵养其骄骞，使他以为天下事，俱是如此容易。他以后筑长城，造运河，派刘方击败林邑（今日越南境内），听裴矩设计破吐谷浑，羁縻突厥，西巡燕支山都是以中国人力物力，随意摆布，只居顺境，未受挫折。以后他一处逆境，即意懒心灰，逃避现实，所以他的悲剧情结，也有长期积养的前因后果。

隋炀帝之伐高丽，据称动员一百一十三万三千八百人，其馈运者倍之。这数目字可靠的程度，无从确定。只是杨广迷信军事上数量的优势，已无庸置疑。其实当日之攻城战，野战军数量过大，无法摆布。除非以此数量先声夺人，使对方丧失斗志，才有效用。否则展开兵力过多，已先在自己阵容里产生统御经理的困难，成为日后战场上的弱点。果然公元 612 年之役，隋军在鸭绿江以北辽河以东的地区遭遇到高丽的坚强抗拒，来护儿的水军在朝鲜半岛登陆成功，却没有发生奇袭的效用，也不能与陆军策应，陆军则补给接应未及，统帅权又控制过严，再加以隋皇没有作殊死战的决心，一到战事有利，高丽诈降，高级将领不敢做主，因此亦无法扩张战果。最后因秋季潦雨来临，在平壤北三十里开始撤退，士卒既无实际的训练，一受高丽兵的追击，就崩溃而不可收拾，以致九军尽陷，丧失资储器械以巨万计。613 年炀帝卷土重来，并且亲临前线。隋军已薄辽东城，也用飞梯地道环攻，并且有少数隋兵登城与敌兵短刀相接，只是这时在中原督运粮秣的杨玄感知道各处盗贼蜂起，炀帝不能持久，在黎阳（*河南浚县附近，南北运输的中点*）以兵反，兵部侍郎斛斯政则投奔高丽，以中国虚实告之。隋炀帝夜半召集诸将领决心放弃攻城。再引兵还，所有军资器械堆积如山，也全部委弃。总算这次行动机密，退军后两天，高丽虽发觉仍不敢追击。

两月以后，杨玄感虽被剿灭，但是隋炀帝的威信已被戳穿，南北各处的人民，不堪征调，群起为盗，动辄以万数以千计。614 年炀帝又召百僚议伐高丽，并下诏称"黄帝五十二战，成汤二十七征"，只是臣下无敢应者，各处叛兵攻陷城邑也不能每一处平剿。虽然这时候来护儿的水军又迫平壤，高丽王遣使请降，囚送斛斯政，使炀帝能借此班师，却已经徘徊歧路。

615 年间巡视北边，又为突厥围困，几乎不免，守令前来赴难，才使他脱围。翌年他即幸江都（扬州），再无意北返，对他诤谏的则获罪，最后甚至不愿听大局不堪收拾的报告。如此又一年多。617 年冬天，唐国公李渊（也就是后来的唐高祖）入长安，立他孙子杨侑为帝，尊他为太上皇，炀帝也无行动反应。618 年的春天，这遭众叛亲离的皇帝才被弑。弑他的并非疆场叛将，也不是造反民兵，而是以前宠幸随从，以及近卫军吏。所以传统作史者对隋炀帝杨广的种种斥责，虽说可能被一再渲染夸张，但也不是全部窜改事实，因为杨广有他被人攻击的弱点。

然则我们今日仍因袭传统作史者"褒贬"的方针写历史，却忽视了历史上时间与环境的因素。公元 7 世纪的初叶隋唐之交，是中国历史上突出的一段时期。今日 20 世纪末叶，又是中国历史上突出的一段时期。二十四史里的《隋书》，修撰于唐初，作者动称"殷鉴不远"。他们绝想不到隋朝不是一个普通的朝代，更想不到春秋时代周人之泛称中国，会推衍而成今日之中国。因为瞻前顾后立场不同，我们即写隋炀帝的传记，也要将很多长时间远距离的因素一并加入考虑，才赶得上时代。

从"大历史"的眼光看来，隋、唐、宋可称中国的"第二帝国"，以与秦汉之"第一帝国"区别。汉虽称中央集权，其郡县组织，到底还是由周朝的封建制度改组而成。隋唐所承袭的原始机构，则由北齐、北周追溯到北魏拓跋氏，始于游牧民族的汉化，通过"三长制"及均田，可谓整个社会，在国家政令下人工孵育而成，以小自耕农为主体，注重低层机构的水平。秦汉的文书，还用竹木；隋唐之间不仅纸张已行使五百余年，而且木板印刷，也于公元600年前后出现。这些因素，使教育较前普遍，也使整个文官集团能向这小自耕农的社会看齐，彼此都能保持同一水准的淳朴。

《新唐书》的选举志，一开始就提及"唐制取士之科多由隋旧"。其中一个最重要的程序，则是"学者皆怀牒自列于州县"，也就是不用荐举，全面公开的考试制度业已发端，兹后历经宋元明清直到本世纪的1905年才停止。

因为如此，隋朝的铨叙也开始由中枢总揽。炀帝时修律令的牛弘与刘炫对谈，曾提出下面一段："往者州唯置纲纪，郡置守丞，县置令而已，其余具僚，长官自辟。受诏赴任，每州不过数十。今则不然，大小之官，悉由吏部。纤介之迹，皆属考功。"

这样的人事制度固然使官僚的成分更平民化，但是也使国家的中层组织更为空洞。因为上下之间没有权力与义务互为牵制，由皇帝直接统御全民的趋势也愈为明显。隋朝创业之主文帝以北周的根柢起家，吞并北齐之后才席卷南朝。也是由地形均一、人文因素简单的地区拓展到人文繁复的地区。他灭陈之后制定五百家为乡，百家为里，正在以他间架性的组织推行于江南，即受到巨家大室的全面反抗。这叛乱既被削平，他的统治愈要加紧，此后他的处心设计，无一不以保持统一的帝国为前提。于是又15年。而在此原始的农业的社会里，达到其目的捷径不是在中层增加其结构的繁复，而是保持下端的均衡。隋文帝杨坚于594年令各府州县各给公廨田，做官的不得治生与人争利。595年收天下兵器，以后敢有私造者坐之。596年制工商者不得进仕。598年诏禁民间大船，凡船三丈以上悉入官。都是从保持农村社会的单纯划一着眼。他的提倡佛教，也并不是出于信仰上的虔诚，而是以统一思想为宗旨。其大量裁减国子学，废州县学，也是因为儒学之道，不外"识父子君臣之义，知尊卑长幼之序"，高级人员则需要"德为代范，才任国用"，所以也不必大量储备。他自己布衣粗食，也无非与低级标准看齐。

这以上种种设施，也与当时税收政策吻合。隋唐继承前朝的"租庸调"制，其重点在国家财政迁就于简单的农村经济，与均田并行，原则上避免纳税人贫富的差别，以极低的税率全面征收，才发生广泛的效果。虽如此，仍有技术上的困难。《隋书·食货志》提及北齐定一夫一妇纳税额为一"床"，独身者缴"半床"，如是"阳翟一郡，户至数万，籍多无妻"。只因为皇权凝聚于上，纳税的义务则遍及于匹夫匹妇，当中缺乏各种有权力能裁判折衷调整或甚至带服务性质的机构，于是制度能否遂行，全靠皇帝自己出面，向下加压力。文帝杨坚的晚年，就尽瘁于此事。他又嫉视属下官吏贪赃，以现今美国所谓ABSCAM的办法，密派人向官僚纳贿。凡受者必死。他又自己在朝堂讯问臣下，召对不如意，立时诛杀之。所以《隋书》说他"天性沉猜，素无学术，好为小数，不达大体"。

可是经过他的高压政策，隋朝的府库各物山积，甚至窖藏还不能容纳。所以钱穆曾说西汉要经过四帝七十年之休养至武帝而盛，"隋则文帝初一天下，即已富足"。这也表示中国传统重农政策下的一种特殊现象。因为全面生产，完全不讲究交换分配及使国家经济多元化，又不作质量上的改进，短时间的全国动员，即可以使农业的财富（因其无组织结构与商业的财富不同）丰溢超过预期。炀帝于公元604年即位，也算是继承着第二帝国创国以来的经济基础，只是这样的富裕倒也成为国家的赘累，当日政治思想又要防止"兼并"，那么已经在农村动员的劳动力作何区处，难道令大批人民失业不成？

这样看来隋炀帝之耗用中国人力物力，有其历史上的背景，即他集天下鹰师于长安，聚乐工于洛阳，也还是受客观环境的诱导。至于开掘运河，则北魏孝文帝元宏时开发漕运已有之。建造宫殿则已在隋文帝筑仁寿宫时开始，据说"死者以万数"。甚至伐高丽，也始自文帝。公元598年之役，动员三十万众，既遇潦雨，又遭疫病，舟师则船多漂没，传统作史者称其"死者十八九"。所以炀帝的种种作为也还是随着文帝的步骤，是当日全面动员的一种产物，初时也有文武百官的支持，否则隋炀帝杨广纵是独夫，也不可能以一人之力强夺民意如此之久。

所以我们今日检讨炀帝的成败，不能专以他杨广一人功罪作最后的解答。即在杨隋之前，各北朝已经实行均田制。这样以理想上数学的公式向下笼罩，功效如何，全靠租庸调的税收作实际考核的标准，这方案一经发动为一种群众运动，也不容易适时收束。于是矫枉必过正。因之只有上面需要的数字，没有下层着实的统计，以致男丁抽罄，力役及于女人，并且"征役繁兴，民不堪命，有司临时迫胁，以求济事，不复用律令矣"。不到征高丽失败，全国反叛，不知已极。隋炀帝虽有想象力，到底不是大思想家，他也不像我们能看到古今中外的历史纵深。他最后退居江都一年多，竟想不出一种主意，也可见得他始终没有透彻地了解他自己在历史上的地位。传说他曾顾镜自照对萧后说："好头颈谁当斫之？"是否真实可靠，殊成疑问。但是其无可奈何的语气，已与他悲剧性的结局符合。

# 读韩愈

□ 梁　衡

　　韩愈为唐宋八大家之首，其文章写得好是真的。所以，我读韩愈其人是从读韩愈其文开始的，因为中学课本上就有他的《师说》《进学解》。课外阅读，各种选本上韩文也随处可见。他的许多警句，如："师者，所以传道、授业、解惑也""业精于勤荒于嬉，行成于思毁于随"等，跨越了一千多年，仍在指导我们的行为。

　　但由文而读其人却是因一件事引起的。去年，到潮州出差，潮州有韩公祠，祠依山临水而建，气势雄伟。祠后有山曰韩山，祠前有水名韩江。当地人说此皆因韩愈而名。我大惑不解，韩愈一介书生，怎么会在这天涯海角霸得一块山水，享千秋之祀呢?

原来有这样一段故事。唐代有个宪宗皇帝十分迷信佛教，在他的倡导下国内佛事大盛，公元 819 年，又搞了一次大规模的迎佛骨活动，就是将据称是佛祖的一块朽骨迎到长安，修路盖庙，人山人海，官商民等舍物捐款，劳民伤财，一场闹剧。韩愈对这件事有看法，他当过监察御史，有随时向上面提出诚实意见的习惯。这种官职的第一素质就是不怕得罪人，因提意见获死罪都在所不辞。所谓"文死谏，武死战"。韩愈在上书前思想好一番斗争，最后还是大义战胜了私心，终于实现了勇敢的"一递"。谁知奏折一递，就惹来了大祸；而大祸又引来了一连串的故事，成就了他的身后名。

韩愈是个文章家，写奏折自然比一般为官者也要讲究些。于理、于情都特别动人，文字铿锵有力。他说那所谓佛骨不过是一块脏兮兮的枯骨，皇帝您"今无故取朽秽之物，亲临观之"，"群臣不言其非，御史不举其失，臣实耻之。乞以此骨付之有司，投诸水火，永绝根本……岂不盛哉，岂不快哉！"这佛如果真的有灵，有什么祸殃，就让他来找我吧。（"佛如有灵，能作祸祟，凡有殃咎，宜加臣身。"）这真有一股不怕鬼，不信邪的凛然大气和献身精神。但是，这正应了我们现时说的，立场不同，感情不同这句话。韩愈越是肝脑涂地，陈利害，表忠心，宪宗越觉得他是在抗龙颜，揭龙鳞，大逆不道。于是，大喝一声把他赶出京城，贬到八千里外的海边潮州去当地方小官。

韩愈这一贬，是他人生的一大挫折。因为这不同于一般的逆境，一般的不顺，比之李白的怀才不遇，柳永的屡试不第要严重得多，他们不过是登山无路，韩愈是已登山顶，又一下子被推到无底深渊。其心情之坏可想而知。他被押送出京不久，家眷也被赶出长安，年仅十二岁的小女儿也惨死在驿道旁。韩愈自己觉得实在活得没有什么意思了。他在过蓝关时写了那首著名的诗。我向来觉得韩愈文好，诗却一般，只有这首，胸中块垒，笔底波涛，确是不一样：

> 一封朝奏九重天，夕贬潮阳路八千。
>
> 欲为圣明除弊事，肯将衰朽惜残年。
>
> 云横秦岭家何在？雪拥蓝关马不前。
>
> 知汝远来应有意，好收吾骨瘴江边。

这是给前来看他的侄儿写的，其心境之冷可见一斑。但是，当他到了潮州后，发现当地的情况比他的心境还要坏。就气候水土而言这里条件不坏，但由于地处偏僻，文化落后，弊政陋习极多极重。农耕方式原始，乡村学校不兴。当时在北方早已告别了奴隶制，唐律明确规定了不准没良为奴，这里却还在买卖人口，有钱人养奴成风。"岭南以口为货，其荒阻处，父子相缚为奴。"其习俗又多崇鬼神，有病不求药，杀鸡杀狗，求神显灵。人们长年在浑浑噩噩中生活。见此情景韩愈大吃一惊，比之于北方的先进文明，这里简直就是茹毛饮血，同为大唐圣土，同为大唐子民，何忍遗此一隅，视而不救呢？用我们现在的话说，就是同在一片蓝天下，人人都该享有爱。按照当时的规矩，贬臣如罪人服刑，老老实实磨时间，等机会便是，决不会主动参政。但韩愈还是忍不住，他觉得自己的知识、能力还能为地方百姓做点事，觉得比之百姓之苦，自己的这点冤、这点苦反倒算不了什么。于是他到任之后，就如新官上任一般，连续干了四件事。一是驱除鳄鱼。当时鳄鱼为害甚烈，当地人又迷信，只知投牲畜以祭，韩愈"选材技吏民，操强弓毒矢"，大除其害。二是兴修水利，推广北方先进耕作技术。三是赎放奴婢。他下令奴婢可以工钱抵债，钱债相抵就给人自由，不抵者可用钱赎，以后不得蓄奴。四是兴办教育，请先生，建学校，甚至还"以正音为潮人诲"，用今天的话说就是推广普通话。不可想象，从他贬潮州到再离潮而贬袁州，八个月就干了这四件事。我们且不说这事的大小，只说他那片诚心。我在祠内仔细看着题刻碑文和有关资料。韩愈的确是个文人，干什么都要用文章来表现，也正是这一点为我们留下了如日记一样珍贵的史料。比如，除鳄之前，他先写了一篇《祭鳄鱼文》，这简直就是一篇讨鳄檄文。他说我受天子之命来守此土，而鳄鱼悍然在这里争食民畜，"与刺史亢拒，争为长雄。刺史虽驽弱，亦安肯为鳄鱼低首下心。"他限鳄鱼三日内远徙于海，三日不行五日，五日不行七日，再不行就是傲天子之命吏，"必尽杀乃止"！阴雨连绵不断，他连写祭文，祭于湖，祭于城隍，祭于石，请求天晴。他说天啊，老这么下雨，稻不得熟，蚕不得成，百姓吃什么，穿什么呢？要是我为官的不好，就降我以罪吧，百姓是无辜的，请降福给他们。（"刺史不仁，可以坐罪；唯彼无辜，惠以福也。"）一片拳拳之心。韩愈在潮州任上共有十三篇文章，除三篇短信，两篇上表外，余皆是驱鳄祭天，请设乡校，为民请命祈福之作。文如其人，文如其心。当其获罪海隅，家破人亡之时，尚能心系百姓，真是难能可贵了。

一个人为文不说空话，为官不说假话，为政务求实绩，这在封建时代难能可贵。应该说韩愈是言行一致的。他在政治上高举儒家旗帜，是个封建传统思想道德的维护者。传统这个东西有两面性，当它面对革命新潮时，表现出一副可憎的顽固面孔；而当它面对逆流邪说时，又表现出撼山易、撼传统难的威严。韩愈也是这样，他一方面反对宰相王叔文的改革，一方面又对当时最尖锐的两个社会问题，即藩镇割据和佛道泛滥，深恶痛绝，坚决抨击。他亲自参加平定叛乱。到晚年时还以衰朽之身一人一马到叛军营中去劝敌投诚，其英雄气概不亚于关云长单刀赴会。他出身小户，考进士三次落第，第四次才中进士，在考官时又三次碰壁，乌纱帽得来不易，按说他该惜官如命，但是他两次犯上直言，被贬后又继续尽其所能为民办事。这是中国知识分子的传统，以国为任，以民为本，不违心，不费时，不浪费生命。他又倡导古文运动，领导了一场文章革命，他要求"文以载道""陈言务去",开一代文章先河,砍掉了骈文这个重形式求华丽的节外之枝,而直承秦汉。所以苏东坡说他:"文起八代之衰,道济天下之溺。"他既立业又立言,全面实践了儒家道德。

当我手倚韩祠石栏,远眺滚滚韩江时,我就想,宪宗佞佛,满朝文武,就是韩愈敢出来说话,如果有人在韩愈之前上书直谏呢?如果在韩愈被贬时又有人出来为之抗争呢?历史会怎样改写?还有在韩愈到来之前潮州买卖人口、教育荒废等四个问题早已存在,地方官吏走马灯似的换了一任又一任,其任职超过八个月的也大有人在,为什么没有谁去解决呢?如果有人在韩愈之前解决了这些问题,历史又将怎样写?但是没有,什么都没有。长安大殿上的雕梁玉砌在如钩晓月下静静地等待,秦岭驿道上的风雪,南海丛林中的雾瘴在悄悄地徘徊。历史终于等来了一个衰朽的书生,他长须弓背双手托着一封奏折,一步一颤地走上大殿,然后又单人瘦马,形影相吊地走向海角天涯。

人生的逆境大约可分四种。一曰生活之苦,饥寒交迫;二曰心境之苦,怀才不遇;三曰事业受阻,功败垂成;四曰存亡之危,身处绝境。处逆境之心也分四种。一是心灰意冷,逆来顺受;二是怨天尤人,牢骚满腹;三是见心明志,直言疾呼;四是泰然处之,尽力有为。韩愈是处在第二、第三种逆境,而选择了后两种心态,既见心明志,著文倡道,又脚踏实地,尽力去为。只这一点他比屈原、李白就要多一层高明，没有只停留在蜀道叹难，江畔沉吟上。他不辞海隅之小，不求其功之显，只是奉献于民，求成于心。有人研究，韩愈之前，潮州只有进士三名，韩愈之后，到南宋时，登第进士就达一百七十二名。是他大开教育之功。所以韩祠中有诗曰："文章随代起，烟瘴几时开。不有韩夫子，人心尚草莱！"这倒使我想到现代的一件实事。1957年反右扩大化中，京城不少知识分子被错划为右派，并发配到基层。当时王震同志主持新疆开发，就主动收容了一批。想不到这倒促成了春风渡玉门，戈壁绽绿荫。那年我在石河子采访，亲身感受到充边文人的功劳。一个人不管你有多大的委屈，历史绝不会陪你哭泣，而它只认你的贡献。悲壮二字，无壮便无以言悲。这宏伟的韩公祠，还有这韩山韩水，不是纪念韩愈的冤屈，而是纪念他的功绩。

李渊父子虽然得了天下，大唐河山也没有听说哪山哪河易姓为李，倒是韩愈一个罪臣，在海边一块蛮夷之地施政八月，这里就忽然山河易姓了。历朝历代有多少人希望不朽，或刻碑勒石，或建庙建祠，但哪一块碑哪一座庙能大过高山，永如江河呢？这是人民对办了好事的人永久的纪念。一个人是微不足道的，但是当他与百姓利益，与社会进步连在一起时就价值无穷，就被社会所承认。我遍读祠内凭吊之作，诗、词、文、联，上自唐宋下迄当今，刻于匾，勒于石，大约不下百十来件。一千三百多年了，各种人物在这里将韩公不知读了多少遍。我心中也渐渐泛起这样的四句诗：

一封朝奏九重天，夕贬潮阳路八千。

八月为民兴四利，一片江山尽姓韩。

1997 年 5 月有所思于潮州，1998 年 7 月写于北京。

# 漫谈皇帝

□ 季羡林

在历史上，中国有很多朝代，每一个朝代都有一些皇帝。对于这些"天子"们，写史者和读史者都不能不写不读。其中有一些被称为"圣君""英主"，他们的文治武功彪炳史册。有一些则被称为"昏君""暴君"，他们的暴虐糜烂的行为也则遗臭万年。这都是我们所熟悉的。

但是，对"皇帝"这玩意儿的本质，却没有人敢说出来的。我颇认为这是一件憾事。我虽不敏，窃愿为之补苴罅漏。

首先必须标明我的"理论基础"。若干年前我读过一本辛亥革命前后出版的书，叫做《厚黑学》。我颇同意他的意见。我只觉得"厚""黑"二字不够，我加上了一个"大"字，总起来就是"脸皮厚，心黑，胆子大"也。

现在就拿我这个"理论"来分析历代的皇帝们。我觉得，皇帝可以分三类：开国之君、守业之君、亡国之君。

开国之君可以中国历史上仅有的两个马上皇帝为代表：一个是刘邦，一个是朱元璋。两人都是地痞、流氓出身，起义时身边有一批同样的地痞、流氓的哥儿们。最初当然者是平起平坐，在战争过程中，逐渐的一个人凸现出来，成了头儿，哥儿们当然就服从他的调遣、指挥。一旦起义胜利，这个头子登上了宝座，被尊为皇帝。最初，在金銮殿上，流氓习气还不能全改掉。必须有叔孙通一类的"帮忙"或"帮闲"者（鲁迅语）出来制订礼仪。原来的哥儿们现在经过"整风"，必须规规矩矩，三拜九叩，山呼万岁，不许乱说乱动。这个流氓头子屁股坐稳以后，一定要用种种莫须有的借口，杀戮其他流氓，给子孙除掉障碍；再大兴文字狱，杀害一批知识分子，以达到同样的目的，然后才能安夷"龙御宾天"，成为什么"祖"。

他们之所以能成功，靠的是厚、黑、大也。

他们的子孙继承王位，往往也必须经过一场异常残酷激烈的宫廷斗争，才能坐稳宝座。这些人同他们的流氓先人不一样，往往是生长于高墙宫院之内，养于宫女宦竖之手，对外面的社会和老百姓的情况，有的根本不知道，或者知之甚少。因此才能产生司马衷"何不食肉糜"的笑话。有些守成的皇帝简直接近白痴。统治人民，统治国家，则委诸一批"帮忙"或"帮闲"的大臣。到了后来，经过了或短或长的时间，这样的朝廷必然崩溃，此不易之理。中国历史上之改朝换代，其根本原因就在这里。

这些守成之主中，也有厚、黑、大的问题。争夺王位，往往就离不开这三个标准。

至于末代皇帝，承前辈祖先多少年来留下之积弊，不管他本人如何，整个朝廷统治机构已病入膏肓，即使想厚、想黑、想大，事实上已无回旋的余地，只有青衣小帽请降或吊死煤山了。

一部中国史应当作如是观。

# 匹夫董卓

在一般人心目中，董卓是和吕布、貂蝉连在一起的。舞台形象是大花脸，将军肚，粗声浊气，酒色之徒。一见貂蝉，马上表现出一种性的高度亢奋状，哇呀呀地冲动起来。那急不可耐的下三滥的样子，充分刻画出一个绝粗俗，绝低档，但有权有势的头面人物形象。明人王济写过一出戏，叫《连环计》，是昆曲，也改编成为京剧过，不知是否为拥有性特权的大人物所不喜欢，这出戏后来很少上演。

董卓，豺狼也，这是他同时代人对他的评语，充分说明他的恶本质。好色，只是他的一个侧面。一个人，混到了拥有极大权势的地步，弄个把女人玩玩，那就是无伤大雅的小节了。

史书通常都不记载，只有小说家差劲，总抓住大人物这些小地方做文章。罗贯中的《三国演义》是一部讲权谋的书，全书的第一个计，就是"连环计"，就是用女人来诱好色之徒上钩的计。中计的恰恰是董卓，于是编成小说，编成戏文，他和吕布都成了爱情至上主义者，为貂蝉差点要像西洋人那样决斗。

其实，董卓一开始，并不是个完全充满兽性的杀人狂。

史书称他"少好侠""有才武"，但是权欲和贪婪，复仇与疯狂，和他长期在西北地区，与羌、狄少数民族周旋的影响，他本是粗鄙少文的一介武夫，在不停的厮杀格斗的局面下，残忍不仁的性格益发变本加厉。所以，他成为长期独霸一方的西北王，谁也不买账。

灵帝中平五年，中央政权觉得他挟权自重，有异志，要他将兵权交给皇甫嵩，调京城任少府，他推托不就。第二年，又调他为并州牧，仍要他把兵权交出去，他再一次抗命。就在他任河东太守期间，恰逢黄巾事起，他不得不奉命征剿。可是，他这支部队，屠杀手无寸铁的老百姓和边民，是既残暴，又凶恶的虎狼之师；可真刀真枪上阵，他和他的队伍，几乎不堪一击，被黄巾打得一败涂地。

他因此获罪，很倒霉了一阵。

所以，何进听了袁绍的馊主意，调他进京清除十常侍的命令一到，正中下怀，他带着队伍由河东直奔洛阳，这下子他的大报复、大泄愤的机会可来了。谁也挡不住他，他一张嘴，就杀气腾腾："昼夜三百里来，何云避？我不能断卿头邪？"

这也是我们常常见到的，那些一朝得意，睚眦必报的小人嘴脸了。

老实说，这类小人是无论如何不能靠自己的真本事，真功夫，真能耐去获得自己想要的一切的，可是他们又非常之想得到这一切，只能靠非正当手段或凭借外力去攫取。谁教何进、袁绍给他这个机遇呢？可在此以前，这些吃不着天鹅肉的癞蛤蟆，心痒难禁，手急眼馋，日子难过，痛不欲生。所以在失意的时候，在冷落的时候，在什么也捞不着的时候，在谁也不把他当回事的时候，那灵魂中的恶，便抑制不住地养成了对于这个正常世界的全部仇恨。如果一旦得逞，必定是以百倍的疯狂，进行报复。

若是小姐身子丫环命，顶多有些自怨自艾，红颜薄命，无可奈何而已。但怕的是奴婢身子奴婢命，偏又有许多非分之想，于是，为达到目的，从卖身到卖人，什么都能干得出来的。

董卓终于虎视眈眈地来到洛阳，开始报仇雪恨。

他进到都城，第一件事，便是采取措施，先把少帝废了，把领导权夺在手中。废立，在封建社会里是大逆不道的行为，虽然想出了那些摆在桌面上的理由，其实是哄人的。包括这个可怜的小皇帝，兵荒马乱，吓坏了，回答他的话不如陈留王利落，促使他要立陈留王为帝的说法，也是一种借口。主要的是董卓对拥戴少帝的领导班子早就心怀不满，那些京官根本没把他放在眼里，整过他，因此他一得手，先把皇帝换了。自然权倾朝野，为所欲为了。

第二件事，他封自己为司空，为太尉，为相国，为眉侯，为太师，凡是能当上的官，他都要当，绝不嫌多。这在心理学上叫做平衡补偿，而且文化层次愈低的人，愈追求感官上的满足。当官，要当大的，当一把手，谁也不在他眼里，赞拜不名，剑履上殿，膨胀到了极点。"我相，贵无上也！"他给自己这个"相"做了规定，是顶尖的，是最大的，谁也超不过去。他还要当尚父，当皇帝的干老子，比皇帝还要高一格。这当然也是无所谓的，有了想干什么就干什么的权力，还不赶快过瘾？所以这些人迫不及待地抢官做，是在另一种危机心理支配下的行为。因为他们知道不定什么时候就要倒台，不趁热把一顶顶乌纱帽戴上，一凉，怕连戴帽子的脑袋都保不住。这样，自然是花子拾金，先热乎两天再说，到第三天，居然还在手里，还属于他，便高兴得手舞足蹈。小人得志，通常都是这样的。

第三件事，便是一人得道，鸡犬升天，徒子徒孙，沐猴而冠的升官了。本来，物以类聚是正常的事，所以小人成伙，恶狗成群。人们说的拉帮结派，结党营私，都是不正派的人最乐于采用的手段。给家人封官，给亲信、部曲、随从，乃至狗腿子们封官，除去论功行赏的意义外，更重要的是要把他的党羽，塞到每个关键岗位上去。

所以董卓靠他的喽啰们作恶，他的喽啰们也倚仗他的保护，上下交为恶，倒霉的便是百姓了。

《献帝纪》有这样一段记载："卓所爱胡，恃宠放纵，为司隶校尉赵谦所杀。卓大怒曰：'我爱狗，尚不欲令人呵之，而况人乎？'乃令司隶都官挝杀之。"所以，对于这些和狗差不多的人，和人差不多的狗，能做出些什么好事来呢，还不了然吗？

他对自己家人，就更不用说了，到了无所不用其极的地步。封他的老娘为池阳君，"置家令、丞。"他的家宅俨然是一个小朝廷。"卓弟旻为左将军，封鄠侯；兄子璜为侍中中军校尉典兵；宗室内外并列朝廷。"都一下子抖了起来。

很可惜，董卓的老婆究竟封了个什么娘娘，史无记载，查不出来。不过，失传的《英雄记》里有一段描写，似乎能隐隐绰绰地看到她在幕后操纵一切的影子。

> 卓侍妾怀抱中子，皆列侯，弄以金紫。孙女名白，时尚未笄，封为渭阳君。于郿城东起坛，从广二丈余，高五六尺，使白乘轩金华青盖车，都尉、中郎将、刺史二千石在郿者，各令乘轩簪笔，为白导从，之坛上，使兄子璜为使者授印绶。

弄出这样一个不伦不类，不合章法的场面，显然有女人争一份风光的动力在内。古礼女子十五曰笄，未笄，也就是说不到十五岁的女孩，再早熟，未必懂得要这种殊荣的。显然，这个场面是为了满足这个女孩的什么人的欲望，才安排的。除了董卓的老婆能指使他外，想不出别人有这大面子了。当然也有可能，董卓另有所爱，被貂蝉迷得神魂颠倒，不得不对他太太做出的姿态吧？

以上三件事，虽是恶迹累累，终究还是有范围的祸国殃民。但他所做的第四件事，大开杀戒，弄得无国无民，一片焦土，就成了千古唾骂，万劫不复的败类了。

好像所有这类报复狂人，无论他得手以后，是一国之主也好，是一邦之长、一方之首、一界之头也好，不扫荡干净敌手对头，天底下只剩下他孤家寡人一个，他那心头之恨总也解不了似的。希特勒杀犹太人，十字军杀异教徒，就是这种杀红了眼的典型。

董卓的恶行真是罄竹难书。

他曾"遣军到阳城，时值二月社，民各在其社下，悉就断其男子头，驾其车牛，载其妇女财物，以所断头系车辕轴，连轸而还洛，云攻贼大获，称万岁。入开阳城门，焚烧其头，以妇女与甲兵为婢妾"。

"尝至郿行坞，公卿已下祖道于横门外。卓豫施帐幔饮，诱降北地反者数百人，于坐中先断其舌，或斩手足，或凿眼，或镬煮之，未死，偃转杯案间，会者皆战栗亡失匕箸，而卓饮食自若。"

"卓获山东兵，以猪膏涂布十余匹，用缠其身，然后烧之，先从足起。获袁绍豫州从事李延，煮杀之。"

最大的罪行，莫过于董卓执意从洛阳迁都到长安大屠杀了，那是骇人听闻的焦土政策，三光政策，这种报复的疯狂性，令人发指。"卓即差铁骑五千，遍行捉拿洛阳富户，共数千家，插旗头上，大书'反臣逆党'，尽斩于城外，取其金货。尽驱洛阳之民数百万口，前赴长安。每百姓一队，间军一队，互相拖押；死于沟壑者，不可胜数。又纵军士淫人妻女，夺人粮食；啼哭之声，震动天地。如有行得迟者，背后三千军催督，军手执白刃，于路杀人。卓临行，教诸门放火，焚烧居民房屋，并放火烧宗庙宫府。南北两宫，火焰相接；长乐宫廷，尽为焦土……"

等到孙坚逼近洛阳时，"遥望火焰冲天，黑烟铺地，二三百里，并无鸡犬人烟。"连曹操后来说起此事，还感伤不已："旧土人民，死丧略尽，国中终日行，不见所识，使吾凄怆伤怀。"

一座数百万人口的国都，最后只剩下数百户人家，董卓作恶之极，惨绝人寰。

所以，这个报复狂董卓，终于恶贯满盈，被他的亲信吕布干掉了。死后，"暴卓尸于市。卓素肥，膏流浸地，草为之丹。守尸吏暝以为大炷，置卓脐中以为灯，光明达旦，如是积日"。匹夫董卓，他是想不到会有这样一个作恶必自毙的结果。

因此，凡走极端到伤天害理程度者，最好摸摸自己的肚脐，是不是将来会有点灯的可能？

# 诗人曹操（节选）

□ 李国文

在中国帝王级的人物中间，真正称得上为诗人的，曹操得算一个。虽然曹操不是帝王，但胜似帝王。孟德的诗，可能用十二字来评价：有气概、有声势、有深度、有文采，因此，千古传唱，弦诵不绝。

《三国演义》第七十八回，记载了一首感叹曹操的《邺中歌》，其中有一句"雄谋韵事与文心"，盛赞其作为政治家、军事家、文学家的全面成就。

如果有列朝列代帝王之辈的文学成就排行榜的话，曹操倘不是拔得头筹的冠军，也是名列前茅的银牌、铜牌得主。

他的诗，写得实在的好，绝非那些附庸风雅的帝王可比。

在中国，凡皇帝，无论识字的，不识字的，无论会写的，不会写的，穿上龙袍，坐上龙椅以后，都想在诗词上"得瑟"两下，在文学上"显摆"一通，几乎成为通病。这其中，写得最少的为汉高祖刘邦，他衣锦还乡到了下邳时，吼出过一首《大风歌》，留传至今。我一直怀疑这位亭长，是否具有写诗的细胞？如果他以后还写过一首《小风歌》，或者《微风歌》，也许无妨将诗人这顶桂冠，加在他的头上。就这一首，仅这两句，大有可能是秘书之类的文人，如叔孙通之流，现编现诌，当场口授，他记性大概还好，现趸现卖，于是，刘邦就文治武功，两全其美了。写得最多的为清高祖弘历，他简直像得了写诗的不治之症似的，一生写了四万首诗，差不多接近《全唐诗》的总和，但很遗憾，没有一句能留传开来。此人的诗，除以此人的年龄，四万除以八十，平均每年要写五百首诗，平均每天要写一至二首，这样的高产，打死他也办不到的，因此，只有找御用文人为他作枪手，做代工。外国最高统治者，没这毛病，恺撒不写诗，拿破仑也不写诗，所以中国帝王写诗，假冒伪劣者多，绝对信不得的。

曹孟德的诗，可以用十二字来评价，一，有气概，二，有声势，三，有深度，四，有文采，因此，千古传唱，弦诵不绝。在中国人的记忆里，至少下列三句，忘不了。

"何以解忧，唯有杜康"。直到今天，还挂在人们口边的。

"老骥伏枥，志在千里"。也是上了点年纪的人用来自勉的座右铭。

"神龟虽寿，犹有竟时"。这就是在诚劝大家，要珍惜上帝所给予的有限生命周期，到了晚年，尤其不要瞎折腾，不要乱巴结，不要颠三倒四，不要神经错乱。

中国有无数诗人，能够在千年以后，能有这三句被人不假思索，脱口而出者，有几何？

毛主席在《浪淘沙·北戴河》那首词里，有"魏武挥鞭，东临碣石有遗篇"句，就充满了对这位大手笔的赞赏之意。毛主席在另一首《沁园春·雪》的词里，点了历史上四位帝王："秦皇汉武，略输文采，唐宗宋祖，稍逊风骚"，独将曹操例外，可见在文学史上，这位后来被《三国演义》给歪曲了的曹操，有着不可抹煞的地位。其实，曹操除了是了不起的诗人外，他还一手缔造了建安文学，在中国文学史上具有非同一般的意义。

中国从建安文学起，才出现以写作为主业，不一定要按照官方意志写作的作家。这点自由，就是曹操给的，虽然不大，但初创意义相当重大。

曹操在平定吕布、陶谦、公孙瓒、袁绍、袁术以后，公元196年的许都，有了一个初步安定的局面，他腾出手来，努力在文化上有所建树。他手中握有汉献帝这张王牌，对士族阶层，对知识分子，具有相当的招徕作用。"是时许都新建，贤士大夫，四方来集。"延揽了一批像崔琰、孔融这样的大士族和大知识分子，也吸引了王粲、陈琳这样才华横溢的作家诗人，遂形成了中原地带的文化中心。当时，到许都去献诗作赋，吟文卖字，便是许多有名和无名作家竞相为之的目标。于是，便出现了文学史上称之为"建安文学"的繁荣局面。没有曹氏父子，也就没有建安文学。如果当时要成立作家协会，大家肯定会投票曹操，他是众望所归，当仁不让的协会主席。

此其时也，许都的文学气氛达到了高潮。《文心雕龙》的作者为南朝梁代的刘勰，对活动着许多文人墨客的这个中心，有过这样一段论述："自献帝播迁，文学蓬转，建安之末，区宇方辑。魏武以相王之尊，雅爱诗章；文帝以副君之重，妙善辞赋；陈思以公子之豪，下笔琳琅；并体貌英逸，故俊才云蒸。"孔融、杨修、陈琳、刘桢、徐干、阮瑀、应玚，和从匈奴赎回的蔡琰，真可谓济济一堂，竞其才华。刘勰距离这个时代约两个世纪，来写这段文坛盛事，应该是比较准确，可算是权威性的描写。建安文学得以勃兴，很大程度由于曹操统一中原后的休养生息政策，出现了一个安定局面的结果。如果仍同二袁、吕布、刘关张没完没了地打，和我们"文革"期间没完没了地斗一样，除了样板戏，就搞不出别的名堂了。加之他本人"雅爱诗章"，懂得文学规律，与只知杀人的董卓，用刀逼着大作家蔡邕出山，就是完全不同的效果了，很快，"建安之初，五言腾涌"的局面出现了。

曹操对文学的重视，在历代帝王中也是少见的。因为他是货真价实的诗人，不是挂羊头卖狗肉的文化政客。譬如不惜重金，把蔡文姬从匈奴单于手里赎回来，因为她的《胡笳十八拍》把他感动了。当然，她的父亲蔡邕跟曹操曾经很哥们儿，他也不忍老朋友的女儿流落异国他乡，他下令财政部拨款赎人，这绝对是诗人的浪漫行径，别的领袖人物未必有这等胸怀，更不可能有这等雅兴。蔡文姬回到中原，曹操让她做一件事，就是将她养起来，提供资金人员，让她将记得下来的她父亲蔡邕已被战乱毁灭的图书文字，口授出来，整理成书，不致湮没，这实在是一件了不起的行为。

由此得出结论，文学的发展和繁荣，与时代的关系至大。动乱，则文学终结，安定，则文学复苏。"文革"期间，只有浩然先生的小说行时，舍此便全是空白，即可证明。

东汉末年，先是黄巾农民起义，九州暴乱，生灵涂炭；后是董卓那个军阀折腾，战祸不已。洛阳夷为平地，中原水深火热，这时候，一切都在毁灭的灾难之中，文学自然也陷于绝境。因为农民革命虽然有其推动时代进步的作用，但也有其破坏文明文化，摧毁社会财富的相当消极的方面。董卓，不过是一个穿上战袍的西凉农民而已。所以，他的行动和黄巾也差不多，都带有农民革命家的那种仇视文化、仇视知识、仇视人类文明的特点，在破坏人类文明成果的憎恨气氛里，在硝烟战火的刀光剑影之中，文学这只鸟儿，只有噤若寒蝉，休想唱出动听的声音了。

中原初定，大地回春，经历了巨大的变乱，遭受了严重的劫难以后，人民需要休养生息，这样，就出现一定程度的思想解放潮流，文人的个性开始得到自由舒展的机会。所以，"慷慨任气"，有许多郁结在心的话要倾诉，有许多身受之痛苦要排解，便成了这一时期文学的特征。曹操本人就是一位伤痕文学的作家，他有一首《薤露》诗，写出了董卓胁帝西迁长安，焚毁洛阳的万世不贷的恶行："贼臣持国柄，杀主灭宇京。荡覆帝基业，宗庙以燔丧。播越西迁移，号泣而且行。瞻彼洛城郭，微子为哀伤。"

回忆"十年浩劫"结束以后，新时期文学所以如井喷而出，一时洛阳纸贵，也是由于这些劫难中走出来的作家，适逢新时期思想解放运动，才写出那些产生轰动效应的作品。这与建安文学的发展，颇有大同小异之处，就是对于那个动乱年代"梗概而多气"，真实而深刻的描写，引起读者共鸣的。因此，"造怀指事，不求纤密之巧；驱辞逐貌，唯取昭晰之能。"也是时代的大趋势，不容精雕细琢，只求痛快宣泄。无论后来的诸位明公，怎样摇头贬低，不屑一谈，或求全责备，都是大可不必的。只要起到历史作用的文学，无论怎样的稚嫩，在文学史上的地位便是谁也不能抹煞的了。现在那些笑话新时期文学发轫作如何幼稚的人，其实正说明自己不懂得尊重历史唯物主义的幼稚。

由建安文学的发展看到，乱离之世只有遍地哀鸿，而文学确实需要一个安定的环境和思想解放的背景，以及适宜的文学气氛，才能繁荣起来。建安文学的发展，得益于曹氏父子的提倡，得益于相对安定的中原环境，也得益于建安七子为代表的文人个性的解放。

建安文人，可能是中国较早从绝对附庸地位摆脱出来，以文学谋生存的一群专业作家。他们的行为特点是：追求自由不羁，企慕放任自然，赞成浪漫随意，主张积极人生，对礼教充满叛逆精神，并强调艺术个性。可以说是中国非正统文人的最早的样本。鲁迅先生认为这种文学态度，可以用"尚通脱"三字来概括。到了魏晋南北朝，由阮籍、嵇康、陆机、潘岳、陶渊明、谢灵运等一脉相承，"通脱"则更加发扬光大，一时成为中国文学发展的主流。

那时，他们的浪漫行径，风流举止，自由作风，个性色彩，恐怕连后世的文人也深感不及的。

曹操也不例外，《三国志》称他"少机警，有权数，任侠放荡，不治行业"。裴注引《曹瞒传》称他"少好飞鹰走狗，游荡无度"，看来，曹操和他的两个儿子，都是具有浪漫潜质的文人。他在《祀故太尉桥玄文》中，回忆他和这位比他年高的大人物交往的一段插曲："吾以幼年逮升堂室，特以顽鄙之姿，为大君子所纳。增荣益观，皆由奖助，犹仲尼称不如颜渊，李生之厚双贾复。士死知己，怀此无忘。又承从容约誓之言：'殂逝之后，路有经由，不以斗酒只鸡过相沃酹，车过三步，腹痛勿怪。'虽临时戏笑之言，非至亲之笃好，胡肯为此辞乎？"这位后来在《三国演义》里被当作乔国老的老先生，能跟曹操开这样的玩笑：你要是经过我的坟墓前，不下车用一只鸡，一壶酒，好好祭奠我的话，走不出三步路，我就让你肚子疼，你可别怪罪我。说明曹操虽是执天子以令诸侯的枭雄，但不对他的统治产生危害和威胁，也还是能够欣赏这种文人的幽默感的。

从历史的角度来看，曹操作为文学家，不愧为一把好手；但是，曹操作为政治家，谁也不能不承认，他杀作家也是一把好手。凡碰了他这根政治神经的人，不管是作家，诗人，还是其他什么人，他是一点也不客气的。

文学的每一步前进，总是要付出代价的。任何新的尝试，总是要打破过去的格局，失掉原有的平衡，必定引起旧秩序维护者的反扑。倘若探索实验，一旦越出了文学的范围以外，越过政治雷池，被视作离经叛道、越轨出格的话，就要以文人的脑袋作抵押品了。尤其文人不自量染指权力，插手政治，想得到好果子吃者，通常不会有好下场。

建安七子之中，孔融是死在曹操手下的，因为他专门跟曹操作对。还有一个徐桢，被曹操送到采石场去劳改的，因为他对曹丕漂亮的妻子甄后，有过邪念。不属七子之列的杨修，也是曹操杀掉的。至于文学新秀祢衡，虽然不是曹操杀的，但事实上是他用借刀计让黄祖杀的。

掉脑袋的这三位，也有其不大肯安生而惹祸的缘由。孔融的地位相当高，曾任北海相，到许都后，担任过将作大匠，也就是建设部长，这还不是曹操主要嫉恨的。由于他和曹操总过不去，经常发难，加之是孔子后代的号召力，成为士族豪门的代表和知识分子的领袖。他的府邸已成为反曹操的各种人物聚合的"裴多菲俱乐部"。这时就不管你的文章写得多好，和儿时让梨的美德了，对不起，找了一个叫路粹的文人——在作家队伍中的这种败类，还不俯拾即是——写了封密告信，检举孔融"与白衣祢衡跌荡放言，云，'父之于子，当有何亲？论其本意，实为情欲发耳。子之于母，亦复奚为？譬如寄物瓶中，出则离矣'……大逆不道，宜极重诛。"书奏，下狱弃市。

杨修的职务要差一点了，在曹操的指挥部里，只当了个行军主簿，大概相当于参谋，而且不是作战参谋，连行军口令还从别人嘴里听说，显然是闲差了。所以杀他不像杀孔融那样颇费周章，"扰乱军心"四个字，就推出去斩首。《三国演义》说是曹操嫉妒杨修的捷才，生了杀心。其实，由于杨修不安生，介入政治，成为曹植的嫡系党羽，出谋划策，卷入了宫廷接班人的夺权斗争之中，而且许多臭主意，都被曹操拆穿了，才要把他除掉的。

老实说，文学家玩政治，和政治家玩文学，都有点票友性质，是不能正式登场的。在中国历史上，有几个像曹操这样全才全能的政治家兼文学家呢？因此，他的一生，既没有出过政治家玩文学玩不好的闹剧，也没有出过文学家玩政治玩不好把小命搭上的悲剧。曹操，不论在文学上，在政治上，都是一个了不起的人。

数千年过去，如今谈起建安文人，这些名字还是常挂在嘴上的，"融四岁，能让梨"，连小学生都知道的。至于谈到建安文学，在非专业研究者的心目中，只有曹氏父子是居霸主位置的。曹操的"对酒当歌，人生几何"，曹丕的"盖文章经国之大业，不朽之盛事"，曹植的《七步诗》（虽然不能证明是他的作品），还能在普通人的记忆之中，占一席之地。而像出类拔萃的王粲，地位很高的孔融，才华出众的祢衡，他们的作品，当然也很了不起，但很少被现代人知悉。至于徐、陈、应、刘，他们写得东西，大半失传，如今，只不过是文学史中的一个符号而已。

所以，鲁迅先生说："曹操是一个很有本事的人，至少是一个英雄，我虽不是曹操一党，但无论如何，总是非常佩服他。"

我想，这是对曹操最有见地的一个评价了。

# 谢宣城之死

□ 李国文

"解道澄江静如练，令人长忆谢玄晖。"

这是唐人李白的诗，诗中提到的谢玄晖，即谢朓，又称谢宣城，因为他在那里当过一阵子相当于行署专员的太守而得名。旧中国有这种或以其家乡，或以其为地方官而名之的惯称。

在中国文学史上，谢朓又称小谢，以区别于谢灵运的大谢。二谢俱为南北朝时山水诗人，大谢（385—433）在宋，小谢（464—499）在齐，俱为一代诗宗。很可惜，这两位，前者被宋文帝"弃市"于广州，后者被东昏侯"枭首"于建康，皆未获善终，中国诗人之不得好结果，在文学史上，他俩几乎可以拔得头筹。

有什么法子呢？或许只好归咎于命也运也的不幸了。

其实，我一直觉得，上帝，如果有的话，一定是他老人家有这种恶作剧的偏好。当一个有才华的文人，出生在这个世界上的时候，他总是要安排一百个嫉妒有才华的小人，在其周围。他这样做，显然不是怕诗人或者作家，孤单寂寞，为其做伴，而是要他们来挤兑，来修理，来收拾，来让诗人或作家一辈子不得安生的。

因此，文人的一切不幸，根源可能就在于这一与一百的比例上。

这非正常死亡的一对叔侄，均出生于南北朝顶尖贵族家庭之中。谢氏原为中朝衣冠，祖籍河南陈郡阳夏，南渡后，经晋、宋、齐、梁数朝的繁衍生息，以深厚的中原底蕴，悠久的华族背景，在秀山丽水的钟灵毓秀下，在景色风光的陶冶熏染中，成为才士迭出、秀俊相接、文章华韵、名士风流的大家族。刘禹锡的诗句"旧时王谢堂前燕，飞入寻常百姓家"，就是南北朝两大豪门终结的一阕挽歌，但六朝古都的昨日辉煌，仍会从这首绝句中勾起许多想象。

谢氏门庭中走出来的这两位诗人，谢灵运结束了玄言诗，开创了山水诗的先河，谢朓的诗风，更为后来盛唐诗歌的勃兴，起到了奠基性的作用。两谢死后，后继乏人，谢氏门庭也就结束了麈尾玄谈、雅道相继的文化传统。此后，石头城里，蒋山脚下，剩下的只有朱雀桥畔的绮丽往事，乌衣巷口的凄美回忆。

解放前夕，我还是个青年学生，在南京读书时，曾经专程去探访过乌衣巷。那条窄陋的旧巷，已经难觅当日的衮冕巍峨、圭璋特达的盛况，但是那不变的山色，长流的江水，古老的城墙，既非吴语，也非北音的蓝青官话，似乎还透出丝丝缕缕的古色古香。尤其当春意阑珊，微风细雨，时近黄昏，翩翩燕飞之际，那一刻的满目苍凉，萧条市面，沧桑尘世，思古幽情，最是令人惆怅伤感的。

谢朓死后三百年，恰逢中国诗歌的盛唐季节，一位来自西域碎叶，带有胡人血统的诗人，一位且狂又傲，绝对浪漫主义的诗人，以心仪之情，以追思之怀，站在谢朓徜徉过的三山之畔，望着那一江碧练，在晚霞余绮中静静流去的情景，诗意不禁涌上心头，便有"解道澄江静如练，令人长忆谢玄晖"的《金陵城西楼月下吟》这首诗。

李白在这首诗中，将谢朓的原句，"余霞散成绮，澄江静如练"，化入自己的作品，这是中国旧体诗常见的手法，既是一种认同，一种共鸣，也是时空转换中艺术生命力的延续、张扬和创新，非高手莫能为。谢朓为大手笔，李白也为大手笔，李白将相隔三个世纪前同行的诗句和名姓，慷慨地书写在自己的作品中，我认为是大师对大师心灵上的折服。

他很少敬服谁，独对谢朓，脑袋肯低下来。

读李白作品，我有种感觉，他是把谢玄晖看作艺术上的守护神，一生谨守着谢朓写诗的原则，追求"圆美流转如弹丸"

至善境界。而且还身体力行，始终追踪着谢朓的足迹，走他走过的路。天宝十三载（754），买舟西上，来到谢朓任太守的安徽宣城。在那里一待就是三年，看过许多风景名胜，写过很多绝妙好诗。二十年后，李白六十岁了，远放夜郎，遇赦回归，饱受颠沛流离之苦，已是意兴阑珊之人，上元二年（761），仍旧不辞辛劳，又一次来到宣城，向他精神上的师友，做最后的告别。

李白是狂傲的，对于谢朓，对于谢朓的诗，对于谢朓的一切一切，却永远抱有那一份强烈的热衷，和绝不掩饰的关爱，这是文学史上一个值得研究的现象。

在李白的作品中，触目皆是谢朓的名字：

"三山怀谢朓，水澹望长安。"

"诺谓楚人重，诗传谢朓情。"

"曾标横浮云，下抚谢朓肩。"

"谁念北楼上，临风怀谢公。"

"谢亭离别处，风景每生愁。"

"青山日将暝，寂寞谢公宅。"

"高人屡解陈蕃榻，过客难登谢朓楼。"

"我吟谢朓诗上语，朔风飒飒吹飞雨。"

"宅近青山同谢朓，门垂碧柳似陶潜。"

"蓬莱文章建安骨，中间小谢又清发。"

……

李白对谢朓的这段不渝之情，实在让我们感动。

于是，我就不禁质疑曹丕"文人相轻"说。中国文人，是不是如鲁迅先生一论、二论，直到七论"文人相轻"那样，已是无法治愈的痼疾？

其实，或许不应该完全如此。

譬如我们在杜甫诗《春日忆李白》读到："白也诗无敌，飘然不思群"，不感觉到那是一片真心的赞许吗？同样，在李白诗《戏赠杜甫》读到："借问别来太瘦生，总为从前作诗苦"，不体会到那是多么深厚关注的友情吗？

也许今人失去了古人的宽容，敦厚，大度，包涵，如今在文学界同行中，几乎很少能感受到类似的温馨。难道，一定效法狼群的生存法则，才是文坛的相处之道吗？后来，我渐渐地悟到，真正的文学大师，是一个绝对充实的文学个体，唯其充实，就自然稳固，唯其稳固，所以坦然。我们当今这些文人，之所以小肚鸡肠，针尖麦芒，互不相让，势不两立，很大程度在于浅薄，在于虚弱，在于浮躁，在于空乏，在于不知天高地厚，在于实实在在没有什么斤两上。唯其没有分量，就轻；唯其轻，也就觉得别人比他还轻。老百姓爱说"一瓶子不满，半瓶子晃荡"，确实是当下这类文人的真实写照。

回过头来看这些年，那些刺刺不休的口舌，那些鸡毛蒜皮的分歧，那些剪不断理还乱的陈年旧账，那些狗咬狗一嘴毛的无名官司……说到底，所谓文人相轻，究竟有多少文学之争，那真是天晓得的。

李白对于谢朓，既有梁武帝萧衍"三日不读谢（朓）诗，便觉口臭"的艺术上的认同，也有感悟上的相通，身世上的类似，抱负上的一致，人生命运上的惺惺相惜。尤其爱恶作剧的上帝，在他们周围，安排下的王八蛋之多，不是一比一百，而是一比一百五十，所遭遇到的不幸和倒霉，也是如出一辙，所以，这位大师，对于谢朓才有始终如一的崇敬。

清人王士禛论李白，有句名言，说他"一生低首谢宣城"，是一点也不错的。

根据李白的人生哲学，"人生得意须尽欢，莫使金樽空对月，天生我材必有用，千金散尽还复来。"有大才，应毫不客气地大狂。不大狂，对不起大才，不大狂，也出不来大才，不大狂，你可能一下子就被嫉妒你的那一百五十枚王八蛋掐死在摇篮里。在他看来，才和狂，如火药之与引信，狂因才，敢离经叛道，破旧立新，才因狂，能神驰八极，灵感升腾，只有这样，才能爆发出惊天地泣鬼神之诗歌，之文章。

谢灵运很狂，这一点，与李白相似，但谢朓却并不狂，这一点，与李白不同。谢灵运在刘裕篡晋，改朝换代以后，余荫尚存，袭祖职为康乐公，有本钱狂，有资格狂。谢朓的母亲，为宋文帝之女长城公主，就冲这点家族背景，也不是无可狂，狂不了，如果想狂的话，足可狂过谢康乐。李白最为谢朓扼腕痛惜者，就是他不能狂，更不敢狂。

我想，具有胡人豪放性格的李白，如果能与这位贵族公子促膝谈心，肯定会鼓动他，前辈，你是用不着如此谨小慎微讨生活的。但谢朓也有理由，不足百年，谢氏家族中太多的刀下之鬼，那一颗颗砍落下来的头颅，那一腔腔喷射出来的血腥，他能不胆小畏事吗？他能不谨慎行为吗？这可能是作为诗人的李白，特别同情谢朓的一点。做人做得如此之累，那么作诗，能不自设藩篱，自立屏障，自行规范，自我作践，将灵动鲜活的诗形象，约束成罐头里的沙丁鱼吗？

若谢朓索性狂放如其叔，其成就要超过其叔更多，他应该有更多的好诗，留在这个世界上的，李白这样看，斗胆的我，也是这样想的。一个谨小慎微的人，当会计，绝对是好材料，当作家，绝对不会有出息。建国以来，有许多本应当会计的同志派去当作家，而可以当作家的人员却拿来当会计，阴差阳错，遂造成相当一段时期内的文学不景气。想到这里，不禁呜呼，人尽其才，物尽其用，选贤与能，囊锥出刺，是一个多么久远而又多么难以实现的理想啊！

然而，天不假以年，大谢48岁，小谢35岁，就死于非命。

虽然戏码一样，剧情却稍有差别。谢灵运主动往枪口上碰，咎由自取，谢朓尽量躲着枪口，却怎么也摆脱不掉，算是在劫难逃。别说古人李白，对其寄予无限同情，即使今人，尤其曾经沧海，祸从天降过的知识分子，怕也不禁感叹系之的。

谢灵运与谢朓，贵族后裔，文坛大腕，刘宋诸王与齐萧诸王，皇室贵胄，斯文风流，两谢的殷勤巴结，求得晋身之阶，王孙的附庸风雅，显出文治丰采，既是互相需要，也是互相利用，遂一拍即合，相见恨晚。

另外也应看到，南北朝时期的门阀观念甚重，高门寒族，泾渭分明，早先卑微家世，后来做得大官，也进不了贵族圈子。魏晋九品中正制，等级森严，门户有别，都不能同坐在一张凳子上。所以，想方设法跟王谢豪门攀亲，以求改换门庭，成为一时风尚。以谢朓为例，父亲娶了宋文帝的长城公主，他娶了开国元勋王敬则的千金，儿子也差点成为梁武帝萧衍的女婿。北朝那边也不例外，那些放牛的，牧马的，一朝坐稳江山，都迫不及待地要跟清河崔氏、范阳卢氏、荥阳郑氏、太原王氏联姻，希望通过生殖器官的努力，获得贵族身份。

这也是大小谢得以踏进宫廷大门的资格证书。

庐陵王刘义真与"江左第一"的山水诗人，"情好款密"（《资治通鉴》），与贵族子弟"周旋异常，昵狎过甚"（《南史》），也有借谢灵运为之自炫的因素，和弥补家世出身低下的心理弱势。而谢灵运，是诗人，更是政客，而且还是一个政治投机分子，把宝就押在这位才十五六岁的年轻人身上，成为他享乐、消费、优游、过尊贵生活的精神导师。庐陵王如鱼得水般的快乐，许下了愿，一旦登基，答应诗人必是他的宰相。

然而，上帝所安排的众多嫉妒之辈，哪能让诗人得逞，早就密奏执政当局，于是，一道敕令，谢灵运灰头灰脸地离开都城，到永嘉上任，这是永初三年（422）夏天的事。永明十一年（493）秋天，谢朓因与随王萧子隆关系莫逆，同样，为长史王秀之所嫉，找碴将他由荆州遣返京都，竟是一点也不走样地重蹈其叔覆辙。马克思说过，历史总是不厌其烦的重复，如果第一次是悲剧，第二次则应该是喜剧。但实际上，由于有才华的人，周围有太多的嫉妒之辈，都是些不咬人就牙痒的鸱枭，没事还找你的病呢，何况你被他一口逮住，结局便注定是不幸的。

谢朓比谢灵运更受王室抬爱，先是豫章王萧嶷的参军，后在随王萧子隆的东中郎府为吏，还与竟陵王萧子良谈诗论文，过从甚密，是号称"竟陵八友"的文学沙龙中的特约嘉宾。沈约评价他："二百年内无此诗也"，可以想见他被这些王子们的倚重程度，甚至，萧子隆带着他一齐赴任，该是何等宠信。"子隆在荆州，好辞赋，朓尤被赏，不舍日夜"（《南史》），邀他为自己的秘书长，参与政府事务。那位长史王先生，上帝的爪牙，怎能容得下谢玄晖呢？

小人的舌头，永远是有才华的人头顶上悬着的那把达摩克利斯之剑。进谗言，说坏话，造舆论，放空气，是投入最少，产出最多的害人手段。谢朓那时太年轻，乖顺，懂事，识相，离开荆州，写了一首《暂使下都夜发新林至京邑赠西府同僚》的告别诗，最后四句，"常恐鹰隼击，时菊委严霜，寄言蔚罗者，寥廓已高翔。"其中鹰隼、严霜、蔚罗者，就是对小人舌头功能的形象化描写。

这说明小谢比大谢有头脑，从这首归途中写的感遇诗看，虽然他也世俗，也功名心重，但明白处境的险恶。谢灵运则不然，没有杀头之前，他尽管不得意，不开心，但想不到别人在算计他，所以，他从不收敛，继续保持着他的狂。甚至刘义真在宫廷政变中死于非命，也未使他警醒。谢灵运满肚子不快，到永嘉去当太守，上任后吊儿郎当，游山玩水，对谁也不买账。最后，被免职、被发配，在广州，被小人诬告兵变，诏下，弃市。

谢朓与之相反，能够逃脱尉罗者所结的小人之网，额手称庆。齐明帝建武二年（495），被派到宣城任太守，他高高兴兴地赴任去了。对一个山水诗人来讲，还有比这更好的选择么？这年他32岁，来到美不胜收的风光佳境，又是意气风发的锦绣年华。那得到解脱的形体，那摆脱羁绊的心灵，有如鸟飞森林，鱼游大海的自由舒展。这也是三百年后，一位唐代诗人能在宣城的碧山秀水之中，一待数年，也是求得与前代诗人的精神共鸣吧！

但是，小人如蛆，这是旧时中国文人永远的噩梦，无论你走到哪里，危机总是像阴影笼罩着你。而且作为一个知识分子，待价而沽的求售心态，鱼跃龙门的腾达理想，不甘寂寞的躁动情绪，不肯安生的难耐冷落，诗人有一点不安于位了。

谢朓从宣城太守转往徐州任行事，离政治漩涡较远，安全系数也就较高，内心应当是窃喜的。但是，他也不能不看出来，离权力中心较远，获益效率自然也就较低，因此，他多少感到失落。中国文人，最后从命运途程的悬崖摔下去，都是从这最初的一点点不平衡开始的。

永泰元年（498），南齐政坛发生了一些变化，尾大不掉的

谢宣城之死

王敬则，开国元勋，谢朓的泰山大人，使得最高统治者不放心了。尤其，"明帝疾，屡经危殆，以张瓌为平东将军，吴郡太守，置兵佐，密防王敬则，内外传言当有异处分。敬则闻之，窃曰：'东今有谁？只是欲平我耳！'诸子怖惧，第五子幼隆遣正员将军徐岳以情告徐州行事谢朓为计，若同者，当往报敬则。"（《南齐书》）

谢朓在密室中会见了小舅子派来的特使，心惊肉跳，差点休克过去。诗人的脑子转得快，马上盘算，第一，他个人写诗可以，并不具备造反的胆量，不可为。第二，老头子造反，纯系意气用事，不可信。第三，保持沉默，没有态度，既得罪老头子和小舅子，也瞒不住当局，是不可以的。

于是，一跺脚，将岳父推上断头台。应该说，谢朓这样做，有其一贯胆小怯懦、畏罪惧祸的成分，但也不可否认，诗人存有相当程度的投机侥幸、冀获重赏的心理。当时从荆州脱身出来，他手里没有什么本钱，现在，押着五花大绑的徐岳，亲赴南京大义灭亲，将王敬则贡献出去，那可是一大笔政治资本。

文人，染指权力的欲望，不亚于别行别业。我就亲眼目睹，一些同行们为失去的位置而失魂落魄，有如宝玉丢玉；为获得的职务而欣喜若狂，有如范进中举。求权之热烈，甚于作文之认真者，大有人在。虽然一个个嘴上挂着清高，脸上挂着不屑，但是进了名利场，君不见排排坐，吃果果，那开胃通气、消食化痰的快活，权力的诱惑，大概任何人都不能例外的。

所以，谢朓的诗写得棒，人却不怎么样，这种出卖岳父的行径，十分卑鄙，不但为当时人所不齿，后来人也觉得他为文和为人，背道而驰到如此程度，不可理解。据《南史》载："初，朓告王敬则反，敬则女为朓妻，常怀刀欲报朓，朓不敢相见。及当拜吏郎，谦挹尤甚。尚书郎范缜嘲之曰：'卿人才无惭小选，但恨不可刑于寡妻。'朓有愧色。"

我认为，李白能够理解谢朓，他在政治上也因颠三倒四而失败得很惨过的。

《资治通鉴》载："上赏谢朓之功，迁尚书吏部郎，朓上表三让，上不许。"揭发岳丈，卖父求荣，捞一个官做，人皆以为耻，诗人的良心也使他不得安生。所以，以怯懦而搪塞罪责的他，也终于承认："我虽不杀王公，王公因我而死。"（《南史》）

毛泽东曾经以"皮之不存，毛将焉附"这句成语，来形容知识分子的依附性，谢朓肯定算过细账，将这位狗屠出身的岳丈出卖，没准荣华富贵也就随之而来。所以，他老婆要杀他，不仅仅为报父仇，而是觉得这种人不值得活在世界上吧？一天到晚躲着老婆的他，哀叹不已，"天道其不可昧乎？"他知道快走到他人生的尽头了。

结果，没等王敬则女儿动手，永元元年（499），谢朓又一次卷进宫廷政变之中，故伎重演，又因为"告密"，到底把自己的脑袋，乖乖地送到刽子手的刀下。所以说，上帝不但能在有才华的人周围，还能在这个人的灵魂深处，安排下你的敌人，掘好坟墓，等着你往里跳。

《资治通鉴》对此事的始末由来，交待得比较明晰："东昏帝失德浸彰，江祏议废帝，立江夏王萧宝玄，刘暄尝为宝玄行事，忌宝玄，不同祏议，更欲立建安王萧宝寅，祏密谋于始安王萧遥光，遥光自以年长，欲自取，以微旨动祏。祀以少主难保，劝祏立遥光。"

"祏、祀密谓吏部郎谢朓曰：'江夏年少，不堪负荷神器，不可复行废立。始安年长，入篡不乖物望。非以此要富贵，政是求安国家耳。'遥光又遣所亲人刘沨密致于朓，欲引以为肺腑，朓自以受恩高宗，非沨所言，不肯答。少曰，遥光以朓兼知卫尉事，朓惧，即以祏等谋告左兴盛，兴盛不敢发。朓又说刘暄曰：'始安一旦南面，则刘沨、刘晏居卿今地，但以卿为反覆人耳。'暄阳惊，驰告遥光及沨，朓常轻沨，沨固请除之。遥光乃收朓付廷尉，朓遂死狱中。"

胡三省评注《资治通鉴》，至此，说了一句意味深长的话："谢朓以告王敬则超擢而死遥光之手，行险以侥幸，一之为甚，其可再乎！"一个为自己着想得太多的人，一个以为别人都是傻子而只有他聪明绝顶的人，那上帝可就省事了，用不着别人打倒，自己就能把自己搞死的。

谢朓的故事，就这样结束了，但像谢朓这样有才华的文人，遭遇到一比一百或一比一百五十的"特别关注"者的可能性，还是存在的。所以，以史为鉴，经常提醒自己，实有必要。

自爱吧，朋友！

# 唐朝的不死药

□ 李国文

唐代上层社会，服长生之药，求不死之风甚盛。

人岂有不死之理？但不想死之心，人皆有之。明知其绝不可能，可没有一个人碰到这种可能性的时候会放弃的，哪怕百分之百的荒谬，也不肯失之交臂。即使科学发达至今天，不也有过这种功、那种功吗，弄得一帮愚民膜拜崇信，成为现代白痴吗？

何况一千年前的唐朝？

在中国，怕也不止是唐代，有钱的，有名的，有权的，有势的，日子过得滋润得不行的那些人，以及没钱的，没名的，没权的，没势的，日子过得不那么舒坦快活，而在孜孜奋斗希冀改变的那些人，都在千方百计地延年益寿，寻丹觅药地争取不死。

再则，最好的死，也不如最不好的不死。于是，可想而知，唐朝人吃不死药，比当代人吃补药的积极性高上十倍，不足为奇。当时的长安，恰逢盛世，人们自在得简直不知所以，便想办法要长久的快活，想办法能取得长久快活的灵丹妙药。于是，来自西域、南洋的胡僧，来自道教名山的方士最吃香，因为他们能炼不死神药。皇帝下帖诚邀，名流登门求教，官员趋前问候，小民望风追随。有一个名叫"那罗迩娑寐"或"那罗迩婆娑"的高僧，是从印度尼西亚的婆罗门岛渡海来到大唐，那就更了不得了。最后，他混到了李世民的高级医药顾问一职，负责监制御用的长生不老之药。

在太极宫的金飚门，为他建造一座炼丹的冲天炉，白天火光熊熊，夜晚耀如白昼。

同是洋人，这个叫"那罗迩娑寐"或"那罗迩婆娑"的胡僧，可比当今瑞典科学院专管诺贝尔文学奖的院士来到中国，要神气得多。人称"天可汗"的万世之尊，亲下丹墀，合十礼敬。因为这位外国和尚，能让你不死，活八百岁，活一千岁，能让你与你的重孙子，一块儿再娶媳妇，能让你与你的灰孙子，一块儿重做新郎，那是金山银山也买不来的福气啊！至于挟重金而来华的洋院士，相比之下，那诺贝尔奖的区区五十万美金，就不免有点赧颜了。

唐朝的不死药，种类繁多，系统不一，方剂互异，用药有别，冶炼炮制的方法手段，也各有各的高招，通常都秘而不宣。若像做豆腐、炸油饼那么简单，那些卖野人头的胡僧，那些推销狗皮膏药的方士，还能骗谁去？这也是时下文学界经常被几个故作高深的假洋鬼子，唬得一愣一愣的原因。这也不稀奇，自有人类，就有骗子，正如盖了房子，人住进去，必然会有耗子、蟑螂一样，是不受时间控制和空间影响，是防不胜防的。

唐朝的不死药，大致有两个来源，一是魏晋时文人服用的五石散；一是域外传进中土的炼丹术。有一位名叫高罗佩的荷兰人，在他的专著《中国古代房内考》中，认为有关长生不老之术，永寿不死之药，无论在印度的还是中国的古老性文化里面，都是与房中术相关连的一门学问。

但无论什么事情，一落到中国的犬儒主义者手里，就常常学招变样，偷换概念，形同实异，荒腔走板。狸猫换太子，化严肃为粗鄙，挂羊头卖狗肉，认真求实被油腔滑调代替。《淮南子》曾云"橘逾淮为枳"，而被他们捣弄折腾以后，过了淮水，橘就变为驴粪蛋、屎壳郎，令人啼笑皆非。

因此，别把李唐王朝看成一个不死药泛滥成灾的世界，其实，更是一帮骗子兴风作浪、得其所哉的世界。尼采说过，上帝要你灭亡，先让你疯狂。唐朝人拼死吃河豚地服不死药，为之命丧黄泉者，不知几许。其中包括帝王，包括诗人，但没有一个清醒的人站出来喝止这种狂热，一直到唐亡以后，不死药才在中国基本绝迹。

这就是说，人要是执迷不悟到底，必然出现蛮可怕的精神症状。就看神勇义和团攻打东交民巷时，坚信刀枪不入，一排排走向死亡的誓不回头；就看"文革"期间那班造反派和红卫兵，在武斗中打红了眼的视死如归；就看近些年来，这个功或那个功的信众，念经除病，坐地升天，吞符作法，顶礼膜拜的死不改悔，便可领教了。一千年前的唐朝人，对不死药的虔信不疑，坚定不贰，死也要吃，吃死不悔的铁定了心，你能说些什么呢？

唐太宗都吃的呀！武则天都吃的呀！据清人赵翼在《廿二史札记》里说，"唯武后时，张昌宗兄弟亦曾为之合丹药，萧至忠谓其有功于圣体，则武后之饵之可知。然寿至八十一。岂女体本阴，可服燥烈之药，男体则以火助火，必至水竭而身槁耶？"不知道这种女宜服男不可服的说法，是否具有某种科学道理？但唐王朝最杰出的这两位男女，都在为他们的子民率先垂范，这种推广宣传，能不教全民追随，步其后尘吗？

所以，唐朝的不死药，几乎成为全民参与的群众运动。

在服药而死的人当中，最令人喷饭的，莫过于德宗朝曾为检校工部尚书的李抱真了。他大概可以算得上唐代服不死药而死的最为典型的人物了。

李抱真到了晚年，"好方士，以冀长生"。一个名叫孙季长的江湖骗子，投其所好，登门兜售其不死之药。称只要服了他炼出来的金丹，短期内可以祛病延年，久服后必然成仙升天。

这等绝顶的荒唐，李抱真竟被蛊惑得深信不疑。于是邀他入幕为宾，礼敬备至。给他发高薪，配助手，还拨出大批银两，供他建炉烧丹。结果弄得满院子烟熏火燎，云缠雾绕，以致居宅所在街坊，笼罩在一片乌焦巴弓的难闻气味之中，路人皆掩鼻急走，不敢停留。

李抱真却兴奋之极，因为，对他而言，不死已不是问题，而是要得道成仙，指日升天，与大家要再见的事情了。见到同僚平辈、部属下司、亲朋好友、左邻右舍，忙不迭地珍重道别，因为很快就要大功告成了："此丹秦皇、汉武皆不能得，唯我遇之，他年朝上清，不复偶公辈矣。"那意思是，他要先行一步，再也见不到诸位了。

据《旧唐书》，此人先后一共"服丹二万丸，腹坚不食"，最后，服到只有进的气，没有出的气，如同死鱼缺氧一样直翻白眼。至此，"不知人者数日矣！"全家束手无策，只好准备办后事。有一个道士叫牛洞玄者，出了一个恶招，死马权当活马医，"以猪肪、谷漆下之"。猪肪者，即猪油；谷漆者，即泻药，经灌肠润滑，加之峻泻药物，积痞排泄出去，才算缓过气来，睁开眼睛，略晓人事。

但那个江湖骗子却跑来对他说，眼看成功在望，翩然飞升，大人你怎么能半途而废呢？这个白痴，想想在理，怪罪家人救活了他，反而更为增加药量。结果，"益服三千丸，顷之卒"。这回，真是神仙也救不活了。

人，怎么能不死呢？不过早晚而已。可一根筋到底，坚信服了不死药就会不死，你对这等傻瓜，只有敬谢不敏。但是，一个人，两个人，这样疯疯癫癫，只不过是饭后茶余的新闻。可在唐朝，相当长的一个时间段内，相当多的人都这样疯疯癫癫，以致成为时尚、时髦、流行、新潮，那可就当真是病态，当真成问题了。

风气这东西，看不见，摸不着，对社会而言，风气一旦形成，会产生正面效应，也会出现负面效果。好的风气所至，如春风化雨，润物无声；坏的风气所至，如污泥浊水，不堪收拾。一般来说，良好的风气，向上的风气，循循善诱、使人心理健康的风气，洁净自好、懂得礼义廉耻的风气，都是腿短的，很难推广，更难实行。相反，浮躁的风气，邪恶的风气，推波助澜、制造盲动混乱的风气，薄幸谗险、绝不与人为善的风气，总是不胫而走。只要蛊惑起来，煽动起来，前面有人带头，后边一定就有起哄架秧者之流。接着，像滚雪球似的，一股奈何不得，邪乎得厉害，足以裹胁一切的力量，有时真会搅得天下不宁，日月无光。

说起唐朝的不死药，领风气之先的，不是别人，正是这个上梁不正下梁歪的李世民啊！

这透着有点滑稽。一位英主，一位明君，一位封建社会中称得上为样板的帝王，他知道服药不对，求仙不对，他当然更知道人总是要死的，不过是死得重如泰山，还是轻如鸿毛的分别而已。这位大政治家、大军事家，却选择了比鸿毛还轻的让人笑话他、蔑视他、看不起他的死法。服那位名叫"那罗迩娑寐"或"那罗迩婆娑"的，来自印度尼西亚婆罗门群岛的南洋高僧所炼成的金丹，而一命呜呼。

旧时的历史学家，编撰正史的史官们，哪敢如此直书昭陵毒毙的死因，那是大不敬呀！要知道，皇帝永远是对的，这是绝对真理。即使陛下错了，也是错得伟大光荣，错得英明正确的。可要是只字不提吧，为史官者，又觉得憋闷，觉得对不住历史。

于是，《旧唐书》的作者，含着骨头露着肉，在《太宗纪》里不痛不痒地说了一句，贞观二十二年五月，"使方士那罗迩婆娑于金飚门造延年之药"。在《郝处俊传》里引郝处俊的谏文又说了一句，"先帝令婆罗门僧那罗迩娑寐依其本国旧方合长生药。胡人有异术，征求灵草秘石，历年而成，先帝服之，竟无异效。大渐之际，名医莫知所为。时议者归罪于胡人，将申显戮，又恐取笑狄夷，法遂不行"。在《宪宗纪》里额外补充地说了一句，"李藩亦谓宪宗曰，文皇帝服胡僧药，遂致暴疾不救"。这样，总算让我们在这位大人物头顶上闪亮炫目的光环里，看到一个其实也并不怎么样的晦暗缺口。

也许上帝不给人百分之百，也许我们不该求全责备，也许瑕不掩瑜，这是一个手指头与九个手指头的关系。还是尽善尽美的天可汗，还是永垂青史的贞观之治，这是毫无异议的。但要听他公元628年（贞观二年）在御前会议上的一次极其冠冕堂皇的训话，与他本人实际上的所作所为，你就会觉得他的伪善表演得不免太过分了。他说：

神仙事本是虚妄，空有其名。秦始皇非分爱好，为方士所诈，乃遣童男童女数千人，随其入海求神仙。方士避秦苛虐，因留不归，始皇犹海侧踟蹰以待之，还至沙丘而死。汉武帝为求神仙，乃将女嫁道术之人，事既无验，便行诛戮。据此二事，神仙不烦妄求也。

（吴兢《贞观政要》卷六）

若以这些记录在案的话，你不能不承认，李世民具有相当程度的唯物主义观点和相信科学、破除迷信的进步思想，还颇有一点反权威的精神，敢于对秦始皇、汉武帝发难。可据《资治通鉴》，这位陛下，却是一直没断了服用种种延年益寿、壮体强身的不死药。

春，正月，开府仪同三司申文献公高士廉疾笃；辛卯，上幸其第，流涕与诀；壬辰，薨。上将往哭之，房玄龄以上疾新愈，固谏，上曰："高公非徒君臣，兼以故旧姻戚，岂得闻其丧不往哭乎？公勿复言！"帅左右自兴安门出。长孙无忌在士廉丧所，闻上将至，辍哭，迎谏于马首曰："陛下饵金石，于方不得临丧，奈何不为宗庙苍生自重！且臣舅临终遗言，深不欲以北首、夷衾，辄屈銮驾。"上不听。无忌中道伏卧，流涕固谏，上乃还入东苑，南望而哭，涕下如雨。及柩

出横桥，上登长安故城西北楼，望之恸哭。（《资治通鉴》卷一百九十八）

看房玄龄和长孙无忌两位臣下的坚定态度，这种因服药而有所禁忌的干预，既不是第一次，也不是最后一次。而且，还可由此判断，唐太宗服的药，是中国古方，当为发轫于汉，滥觞于魏晋，至南北朝，至隋而泛滥，至唐代便大行其道的"五石散"。

读鲁迅先生的《魏晋风度及文章与药及酒之关系》可知，服了这种药以后，痛苦难耐，非常人所能忍受。因其所含药物成分，据《抱朴子》所载为丹砂、白石英、紫石英、雄黄、白矾、曾青、磁石；《诸病源候论》所载为石钟乳、硫磺、白石英、紫石英、赤石脂。尽管自魏至唐，其配方至少不下十余种，莫衷一是，但都离不了以上所列硫化物及矿石等燥热上亢类药。所以服药以后，要行散，要挥发，要冷食，要静息——纯系自虐，不得安宁，否则，药性散发不出，就会出大问题。这才使得长孙无忌敢拦住唐太宗的坐骑，要陛下回宫静养。

既然服药如受罪，为什么还自讨苦吃？因为，在古籍《神农本草经》中，这些药石被视为"轻身益气，不老延年"的上品。在《伤寒论》和《金匮要略》等传统医学书籍中，更认为具有壮阳及治疗阳痿的功效。所以，古人服用"五石散"，实际上是看重其所能起到的"伟哥"作用。唐代孙思邈的《备急千金要方》中，有"贪饵五石，以求房中之乐"的说法，也证明了当时人服药风气所为何来。

而据荷兰人高罗佩在其《印度和中国的房中秘术》一文中研究认为，性行为和延长生命力的依存关系这两种古老文化是相互影响的。对李世民来说，当然中西合璧，各取其长。一方面，魏晋时何晏、王衍的"五石散"及其衍生产品，得以再度弘扬；一方面，胡僧那罗迩娑寐、卢伽阿逸多的金丹，得以成气候而光大，其根本原因，就是这种不死药本土的也好，进口的也好，不但起到长生不老的作用，还具有壮阳固本的作用，这正是李世民对付三宫六院所求之不得的。

唐太宗的后宫里，有多少佳丽，已不知其详，但其建制，肯定要较他为秦王时，大大扩编。然而，这好像还不能满足他的性需求，赵翼的《廿二史札记》载："太宗杀弟元吉，即以元吉妻为妃。"玄武门之变后，他很快将他的弟媳，那位漂亮的小杨妃，纳入他的后宫，宠爱有加。显然他早就垂涎这位婀娜多姿的原教坊的舞伎，很快生了一个儿子李明，封曹王，倘不是受到阻拦，甚至要立她为皇后呢！

同是赵翼的《廿二史札记》载："庐江王瑗以反诛，而其姬又入侍左右。"庐江王李瑗系李渊兄之子，因从李建成谋反伏诛，他马上将李瑗身边最美丽的侍姬，收之内廷，归为己有。一次，还向黄门侍郎王珪炫耀，问他是否知道这个美人是谁？"李瑗杀其夫而纳之"。下面没有说出来的话，就是如今我杀了李瑗，她复又归之于朕。王珪能对这位好色的帝王说什么呢？

而据《资治通鉴》载："故荆州都督武士彟女，年十四，上闻其美，召入后宫为才人。"看来，他对于女人，是采取多多益善的政策。结果这个才人，在后宫三千粉黛中，并不能时常受到宠幸，她就瞄上了他的儿子李治，后来成为他的老婆。所以，民间遂有"脏唐臭汉"甚为不雅的负面评价，应该是和这些宫廷秽闻分不开的。

从这位具有胡人血统的李世民身上表现出来的那种原始民族的性习惯、性观点看，仍保留着恩格斯在《家庭、私有制和国家的起源》一书中，所述及的早期社会形态的"普那路亚婚"和"劫掠婚"的野蛮性风俗。因此，他特别不在意、不在乎中原地区的家族辈次、姻亲血缘的伦常。这种乱伦行为，他是不以为然的。所以，他活了50岁，以如此短促的生命周期，却高频率地生育出14位皇子、21位公主，若夭殇计算在内，当更多一些。

所以，他在声讨秦皇汉武求仙长生的同时，半点也不觉得有什么不妥地求助于不死药。

看来，1942年毛泽东同志在延安整风时所批评的马列主义施于别人、自由主义行之于自己的现象，也不仅仅是今天才有，过去绝无的事情。在唐代，雄才大略如李世民者，一面唱高调，大批判，一面犯糊涂，做蠢事，说一套，做一套，最终死于饵食丹药上。而且，他开了这个头以后，他的继承人，宪宗、穆宗、敬宗、武宗、宣宗等帝，几占唐朝二十二帝的四分之一,一个接一个地走上他的这条饵药致死之路。

由于求不死而死,由于饵药石而亡,几乎成为相当普遍的社会现象。高祖朝的杜伏威,瓦岗寨式的枭雄,"好神仙术,饵云母被毒暴卒";肃、代宗朝的李泌,一个聪明透顶的政客,因"服饵过当,暴成狂躁之疾,以至弃代";宪宗朝的李道古,一个方士捐客,逢人推销不死之药,他自己也"终以服药,呕血而卒"(均见《旧唐书》本传)。

作为整个社会中最不安生的一群,最敏感、最激情、最冲动的一群,文人怎么不为风气所动,怎么能自外于这个大潮流呢?公元840年(文宗开成五年),白居易写过一首《戒药》诗,既描写上层人士求不死的痴迷狂热,也反映了那时文人热衷此道的趋之若鹜:

……

暮齿又贪生,服食求不死。

朝吞太阳精,夕吸秋石髓。

徼福反成灾,药误者多矣。

以之资嗜欲,又望延甲子。

天人阴骘间,亦恐无此理。

域中有真道,所说不如此。

后身始身存,吾闻诸老氏。

白香山的这首《戒药》诗,别看他站得很高,想得很开,说得漂亮，唱得好听，其实诗人本人，也是服食不死药的坚定分子。公元 837 年（开成二年），老先生的一首《烧药不成命酒独醉》五律，就是诗人的不打自招了。实际上，他和李抱真、杜伏威、李道古、李泌一样，也曾经在自家院子里炼丹熬药，不过规模要小一点罢了。如果说大臣们是工厂化生产，诗人们就是小作坊作业，而且因为烧丹不成，诗人很感郁闷，只好靠家乡的河东桑落酒，给自己增加一点残剩之爱，一点破败之情和坚壮不起的一点阳刚之气了。

老文人的可怜挣扎啊！这些年来，一些文章过气、风流已逝、岁月不再、齿豁脸皱的老前辈、老名流、老领导、老作家，看红颜别抱，忍欢场冷落，那一对酸出醋汁来的昏花老眼里，流露出相当难熬的痛苦光景。可文人，只要上了文坛这辆公共汽车，就是到站了，也不肯下车，还努力朝齿白唇红、胸丰臀满的美女作家那边凑过去。白居易的诗，就是这种心态了。


白发逢秋王，丹砂见火空。

不能留姹女，争免作衰翁。

赖有杯中绿，能为面上红。

少年心不远，只在半酣中。


宋人叶梦得的《避暑录话》，提到白乐天，揭了老诗人的一点底。说他"未能全忘声色杯酒之累，赏物大深，犹有待而后遣者，故小蛮樊素每见于歌咏"。白居易自分司洛阳以后，在履道里定居下来，为了自娱自乐，府邸里还设了一个私家歌舞伎班。叶梦得提到的这两位漂亮小女子，一位叫小蛮的，善歌，一位叫樊素的，善舞，既是班中主要演员，更是老先生晚年的钟爱。

我想，诗人比不上唐太宗，可以延请外来的和尚炼丹，只好自己点火添柴，配药加料，察看火候，围炉巡视，为这些歌舞班里的红粉知己，老先生也必须要造药，要服药，以便贴身呵护，老树开花。

虽然累一点，可自有古代"伟哥"所提供的乐趣。老实说，唐代诗人白居易的快乐生活，远非当代那些高收入作家所能做到的。如今文人有钱者虽然很多，但要让他办一个只侍候自己的文工团，恐怕还没有这等气魄。在他们看来，如果公家不肯出钱，还需要自掏腰包，还不如多找几位三陪小姐打打茶围来得经济实惠呢。

他在写《戒药》诗的前一年，公元 839 年（开成四年），诗人这年六十八岁，患了风痹症，估计当为帕金森氏综合症。终于万般无奈，忍痛割爱，将这些青春貌美、鲜活亮丽的小女子，一一送出履道里的公馆，垂泪而别。因此，在放遣诸妓以前，年近古稀的老爷子，欲望未减，雄心不已，恐怕离不开这种"资嗜欲"和"延甲子"的壮阳药。

由于朝野上下求不死药的风气盛行，由于文人学士服强壮剂的时尚大兴，相对来说，因为服药而送命者也大有人在。

七十岁时的白居易，有一首《思旧》诗，一下子让我们看到，至少他的朋友，如元稹，如杜元颖，如崔群，如韩愈，耽迷斯道而撒手西去，成为不死药的牺牲品。从此人鬼异途，阴阳阻隔。这位老人家不禁为自己幸而解散了私家堂会班子，放走那几位小姐，而能苟存下来，额手称庆的了。

闲日一思旧，旧游如目前。再思今何在？零落归下泉。
退之服硫磺，一病讫不痊。微之炼秋石，未老身溘然。
杜子得丹诀，终日断腥膻。崔君夸药力，经冬不衣绵。
或疾或暴夭，悉不过中年。唯余不服食，老命反迟延。
况在少壮时，亦为嗜欲牵。但耽荤与血，不识汞与铅。
饥来吞热物，渴来饮寒泉。诗役五藏神，酒汩三丹田。
随日合破坏，至今粗完全。齿牙未缺落，肢体尚轻便。
已开第七秩，饱食仍安眠。且进杯中物，其馀皆付天。

有人说服硫磺的退之，不是韩愈，因为韩愈是个圣人，圣人不干这种非圣人的事。但据近人陈寅恪考证：

如元稹杜元颖崔群，皆当时宰相藩镇大臣，且为文学词科之高选，所谓第一流人物也。此诗中之退之，固舍昌黎莫属矣。考陶谷《清异录》载昌黎以硫磺饲鸡男食之，号曰"火灵库"。陶为五代时人，距元和长庆时代不甚远，其说当有所据。至昌黎何以如此言行相矛盾，则疑当时士大夫为声色所累，即自号超脱，亦终不能免。

其实，也不必为圣人讳，圣人也是人，也有七情六欲。这一点，陈寅恪的见解，十分精辟。且不论中国文人的矫情伪饰，佯狂伪饰，心口相忤，言行不一，心、口、手笔之三点不能成一线，从来就是如此这般。若以总体而论，当这些文人处于一个时代的大背景下，除具特别异秉的极个别者，几乎无一能在风气之裹胁下，开顶风船，逆行不止；同样，也几乎无一能在潮流之冲决中，砥柱中流，悖势而动。"云横秦岭家何在，雪拥蓝关马不前"，踟蹰前行的韩愈，能有这种大智大勇吗？

这使我想起"文革"晚期，简直不可思议的，没有号召，没有动员，没有开大会，也没有听传达，忽然间，打公鸡血，喝红茶菌，站鹤翔桩，作甩手疗，乃至于耳能听字，眼能透视，特异功能，五花八门，凡诸如此类的荒谬，无不望风披靡。现在想想，与唐代匪夷所思的服药行为，从本质上来讲，公元七八世纪的中国人和二十世纪的中国人，究竟存在着多大差别呢？

以今度古，或以古度今，本来，孔孟之道讲求中庸，但中国人要是一窝蜂起来，常常是相当不中庸的。尤其是被蛊惑到集体无意识的程度，往往歇斯底里到无所不用其极，往往偏激别扭到毫无理性可言。所以，风气这东西，潮流这东西，引导得好，有助于社会进步；引导得不好，变成一股祸水，那一定会贻害无穷的。

唐朝的不死药，虽然已是陈年往事，一个历史的笑话而已。但为什么兴起之勃，势头之盛，邪恶之广，为患之深，确是令人禁不住要多想想的。

# 张居正始末

□ 李国文

一提张居正，马上就会想到他在明代后期所推行的改革。

张居正（1525—1582），字叔大，号太岳，湖北江陵人。作为明神宗朱翊钧的首辅，达十年之久，是个有作为，具谋略，通权术的大政治家。张居正的改革，了不起，我打心眼里佩服他；但对他这种太厉害的人，绝无好感。凡强人，都具有一点使人讨厌的"侵略性"，他总要求你如何如何，而你不能希望他如何如何，大树底下不长草，最好敬而远之。

明代不设宰相，朱元璋定下的规矩。这位独裁者要求高度集权，只挑几个大学士为其辅佐。在这些人中间，指定一个小组长，就是"首辅"。说到底，首辅其实就是一人之下，万人之上的宰相、丞相，或首相。而张居正，是明代历朝中最具强势的首辅，在任期间，拥有说一不二的权力。因为朱翊钧十岁登基，相当一个高小五年级生，对于这位严肃的老师，敬畏之余，言听计从，是可想而知的。

记不得在哪儿看过这位改革家的肖像，是个不苟言笑，脸色阴鸷，目光严厉，神情冷峻的正人君子，大概没人敢对他说一声不，除非你不要命。但他在自家的府邸里，与他极钟爱，极标致的小娘子们，风流缠绵的时候，是不是也板着面孔，让美人儿也望而生畏呢？史无记载，就不敢悬拟了。

一般来讲，在中国，改革者取得成功，至少要具备下列三要素：

一、支持他进行改革的力量，必须足够强大，不至于轻易被扼杀；

二、推行改革的过程中，会有阻难，不至于难到进行不下去，半路上夭折；

三、改革者的道德品质即使有非议之处，不至于成为反对派使其落马的借口。

时下国产的电视连续剧，差不多以此为金科玉律，来写改革的。其实，真实生活远非如此，不是惊涛骇浪，艰难险阻，就是功亏一篑，全军覆没。哪像作家和编导所设想的，高峰护驾，破关斩将，美人青睐，春风得意，鱼与熊掌兼得呢？中国历史上的改革者，十有九个都很命苦，得好果子吃者不多。也许张居正是唯一的幸运者，至少在他活着时，他让别人吃苦头，自己从没吃过任何苦头。倒霉，是他进了棺材以后的事。

我所以说他了不起，就因为张江陵是中国唯一没有什么阻难，顺风顺水的改革家。

他之没吃苦头，由于皇帝支持，而皇帝支持，又是皇太后和大内总管联手的结果。有这样三位一体的后台，他有什么怕的，愿意怎么干就怎么干。当然，不可能没有政敌，更不可能没有政治上的小人，但张居正是纵横捭阖的九段高手，在政坛上所向披靡，谁也不堪一击。小人，他更不在乎，因为他也是相当程度上的小人。

只有一次，他一生也就碰到这么一次，坐了点蜡，有点尴尬。因为其父死后，他若奔丧回去，丁忧三年，不但改革大业要泡汤，连他自己的相位能否保住，都成问题。便暗示皇帝下令"夺情"，遂引发出来一场轩然大波，使心虚理亏的他，多少有些招架不住。最后他急了，又借皇帝的手，对这些捣乱分子推出午朝门外，按在地上打屁股，用"廷杖"，强行镇压了下去。

第一个屁股打得皮开肉绽，第二个屁股就会瑟缩颤抖，第三个屁股必然脚底板抹油开溜。他懂得，制造恐惧，从来是统治者最有效的威慑手段，操切专擅的张居正，把反对派整得老老实实，服服帖帖。他是个精通统治术的政治家，也是个冷面无情的政治家，为了目的，他敢于不择手段。

《明史》作者不得不认可他凶，认可他行，认可他有办法。"尊主权，课吏职，信赏罚，一号令，虽万里之遥，朝下而夕举，自是政体为肃。"他所以要镇压反对派，是为了营造出推动政治改革、经济改革的大环境，加之"通识时变，长于任事，不可谓非干济之才，而威柄之操，几于震主"。所以，在其手握极权的十年间，说张居正在统治着大明王朝，不算夸饰之词。他曾经私下里自诩：我不是"辅"，而是"摄"，休看这一字之差，表明他深知自己所拥有的政治能量。

张居正稳居权力巅峰时，连万历也得视其脸色行事，这位年轻皇帝，只有加入与太后、首席大太监冯保组成的铁三角，悉力支持张居正。如此一来，宫廷内外，朝野上下，首辅还用得着在乎任何人吗？

众望所归的海瑞，大家期待委以重任，以挽救日见颓靡的世道人心，张居正置若罔闻，将其冷藏起来。文坛泰斗王世贞，与张同科出身，一齐考中进士，很巴结这位首辅，极想进入中枢，他婉拒了："吴干越钩，轻用必折，匣而藏之，其精乃全。"劝他还是写他的锦绣文字去也了。与李贽齐名的何心隐，只是跟他龃龉了两句，后来，他发达了，他的党羽到底找了个借口，将何心隐收拾掉以讨他欢心，他也不觉不妥而心安理得。

所以，张居正毫无顾忌，放开手脚，对从头烂到脚的大明王朝，进行大刀阔斧的改革。他最为人称道的大举措，就是动员了朝野的大批人马，撤掉了不力的办事官员，镇压了反抗的地主豪强，剥夺了抵制的贵族特权，为推广"一条鞭法"，在全国范围内雷厉风行，一亩地一亩地地进行丈量。在一个效率奇低的封建社会里，在一个因循守旧的官僚体制中，他锲而不舍地调查了数年，立竿见影，收到实效，到底将缴赋纳税的大明王朝家底，摸得清清楚楚，实在是亘古未有的壮举。

《广阳杂记》载，"蔡岷瞻曰：'治天下必用申韩，守天下必用黄老，明则一帝，高皇帝是也，明只一相，张居正是也。'"可见世人对其评价之高。这项大清查运动，始终是史书肯定的大手笔。我一直想，张居正不死得那么早，再给他十年，二十年，将其改革进行到底，而且，万历未长到三十岁前，他还得辅政，这是太后的懿旨。或许中国将和欧洲老牌帝国如西班牙，如葡萄牙，如英吉利，在 14 世纪进入第一次工业革命时期，也未可知。

我们从凌濛初的初刻、二刻《拍案惊奇》，就会发现其描写对象，已从传统的农耕社会，转移到城市，市井阶层和商人成为主角。这说明世界在变的同时，中国也在变，萌芽状态的资本主义商品经济，已经形成。然而，张居正的改革失败，错过了一次历史的转型期。

想到这里，不禁为张居正一叹，也为中国的命运一叹！

张居正一直清查到万历八年（1580），才得到了勘实的结果：天下田数为七百零一万三千九百七十六顷，比弘治十五年（1502）增加纳税田亩近三百万顷。这数字实在太惊人了，约计为二亿八千万亩的田地，竟成了地主豪强、王公贵族所强占隐漏，而逃避赋役的黑洞。经过这一次彻底清查，"小民税存而产去，大户有田而无粮"的现象，得以基本改变，整个国家的收入，陡增几近一点五倍。

改革是一柄双刃剑，成功的同时，张居正开罪的特权阶层，触犯的既得利益集团，统统成了他不共戴天的对立面。所以，他死后垮台，墙倒众人推，落井下石，如同雪崩式的不可收拾，这大概也是所有改革家都得付出的代价。

因为封建社会的统治架构，犹如积木金字塔。塔尖坐着皇帝，下面则是层层叠叠支撑起来，保持相对稳定的各级官僚机构。任何触动，就有可能打乱这座塔的上下牵系，左右制约的平衡。所以，即使是不伤筋动骨的小改小革，也会受到求稳惧变的体制维护者的抵制。他们宁可这座金字塔哗啦啦地一个早晨垮塌，也不肯在垮台之前，进行最起码的修整和巩固。

在中国，流血的激烈革命，要比不流血的温和改良，更容易获得成功，就在于这些因循守旧、冥顽不化、拒新抗变、抵制改革的既得利益者，联起手来扼杀改良运动，简直小菜一碟。而一旦革命者磨刀霍霍而来，老爷们比猪羊还会驯服得多地伸出脖子挨宰。外国也如此，当巴斯底监狱大门轰然打开以后，那些贵族、骑士、名媛、命妇，不排着队向广场的断头台走去吗？

张居正推行的"一条鞭法"，从《明实录》的太仓存银数，可以清楚地看出改革成果：

| 年 | 月 | 数量 |
|---|---|---|
| 隆庆六年（1572） | 六月 | 2 525 616 两 |
| | 十月 | 2 833 850 两 |
| | 十一月 | 4 385 875 两 |
| 万历三年（1575） | 四月 | 4 813 600 两 |
| | 六月 | 5 043 000 两 |
| 万历五年（1577） | 四月 | 4 984 160 两 |

（据樊树志《万历传》）

上列表格雄辩地证明，改革是时代发展的必然，是统治集团自我完善的必然，推行改革势必要带来的社会进步。但历史上很多志士仁人，还是要为其改革的努力，付出代价。往远看，秦国孝公变法，国家强大了，商鞅却遭到被车裂的命运；往近看，清末百日维新，唤起民众觉醒的同时，谭嗣同的脑袋，掉在了北京的菜市口。

幸运的张居正，他是死后才受到清算的，他活着，却是谁也扳不倒的超级强人，强到万历也要望其颜色。有一次，他给这位皇帝上课，万历念错了一个字音，读"勃"如"背"，他大声吼责："当读'勃'！"吓得皇帝面如土色，旁边侍候的臣属也大吃一惊，心想，张阁老，即使训斥儿子也不该如此声严色厉呀！所以，他活着一天，威风一天，加之年轻皇帝不得不依赖和不敢不支持的情况之下，满朝文武，都得听他的，谁敢说声不！

我在想，树敌太多的张居正，以其智慧，以其识见，以其在嘉靖、隆庆年间供职翰林院，冷眼旁观朝野倾轧的无情现实，以其勾结大太监冯保将其前任高拱赶出内阁的卑劣行径，会对眼前身边的危机了然无知？会不感到实际上被排斥的孤独？后来，我读袁小修的文章，这位张居正的同乡，有一段说法，使我释疑解惑了。"江陵少时，留心禅学，见《华严经》，不惜头目脑髓以为世界众生，乃是大菩萨行。故其立朝，于称讥毁誉，俱所不计，一切福国利民之事，挺然为之。"（《日记》卷五）

看来，那些被强制纳税的地主豪强，被整肃得战战兢兢的各级官员，被旁置被冷落对他侧目而视的同僚，被他收拾得死去活来的反对派，都以仇恨的眼光在一旁盯着他。这其中，尤其那早先的小学生，现在已是初中生或高中生的朱翊钧，一天天积累起来的逆反心理，这位政治家是感受到的，对其处境像明镜似的清楚。要不然，他不会提出致仕的想法，但太后有话，万历不到三十岁，不令其亲政，这位恋权的政治家，实际上也不想真的罢手，于是，视事如旧。

袁中道散文写得漂亮，炼字如金，一个"挺"字，便将其独立特行、四面受敌的处境，形容出来。于是，这位骑在虎背上的改革家，显然，下来是死，不下来也是死，他只有继续"挺"下去的一条路好走。我想他那时肯定有一种理念在支撑着，他估计不至于马上与死神见面，只要不死，他就继续当首辅。只要在这个座位上，一切都可以从长计议。

唉！这也是许多强人，在兴头上，不懂得什么叫留有余地，什么叫急流勇退的悲剧。他忘了，你强大，你厉害，你了不起，你无法改变上帝。这位活得太忐忑，太吃力，太提心吊胆，太心神不宁的改革家，终于迈不过去万历十年（1582）这个门槛，二月，病发，六月，去世，享年57岁。

他活得比同龄人都短命，王世贞64岁，耿定向72岁，李贽75岁。

张居正的死亡，早有预感，掌政十年，心力交瘁，是主因。"靡曼皓齿"，也是促其早死的"伐性之斧"。他渴嗜权力，沉迷女色，欲望之强烈，后者甚至要超过前者，在历史上是少见的。一方面，明代到了嘉靖、万历年间，淫风大炽，整个社会洋溢着一种世纪末的气氛。享受，佚乐，奢侈，腐化，纵情，放诞，靡费，荒淫，是普遍风气。一方面，张居正在"食色性也"的需求，高出常人许多倍，永不餍足，到了不能自拔的地步。

我记不得是基辛格，还是别的外国政治家讲的，权力具有壮阳的作用。或许如此，张居正手中权力愈大，其性饥渴愈甚，但年岁不饶人，不得不求助于药物维持其性能力，得以肆意淫欲。据沈德符《万历野获篇》称，张"末年以姬妾多，不能遍及，专取以剂药"，由于"饵房中药过多，毒发于首，冬月遂不御貂帽"。据说，这是名将戚继光为拍他的马屁，贡献他一种叫腽肭脐（海狗肾）的媚药所致，服药以后，热发遍体，即使数九天气，也戴不住帽子。因此，万历年间，首辅不戴，百官岂有敢戴之理？京都冬天的紫禁城内，光头一片，大概算得上是一景了。

此公对于漂亮女子，从来是不拒绝的。有一次，一位外省大员投其所好，送他一尊栩栩如生，非常性感的玉雕美人，他自然是会笑纳的了。明代官员，工资虽是中国历代最低，但贪污程度，也是中国历代最剧。张居正观赏之余，爱不释手，同时，又摇着脑袋，有一点不满足感，巡抚忙问："大人还有什么吩咐？"张居正说："若得真人如斯，可谓两姝并美了！"果然，这位巡抚还当真物色到一位美人，不仅形似，而且色艺双绝，送到相府，成为首辅的床笫新宠。

据说，万历不再是小孩子，进入青春期后，得知他的首辅府里，美女云集，佳丽环绕，不由得感慨他的老师，这把年纪，竟能如此生猛。佩服之余，也叹息自家虽为九五之尊，却得不到更多的实践机会，甚乏艳福。所以，我一直认为，万历在张居正死后，立刻翻脸，从心理角度分析，其中不乏男人的嫉妒在内。这种隐忍下来的怨恨，一旦得到宣泄，那绝对是可怕的报复。

平心而论，张居正的死，难免要被后人诟病，根据《万历野获篇》，应该是纵欲过度，加之媚药毒发而亡。王世贞的诊断，也认为死于女色，死于壮阳药："得之多御内而不给，则日饵房中药，发强阳而燥，则又饮寒剂泄之，其下成痔……"王世贞求官碰过他的钉子，心存嫌隙，绝对可能。也曾著文讥讪过他。为了巴结冯保，竟低三下四地在帖子上称自己为"门生"，斯文扫地，一至于此，也太丢人了点。不过，对张居正病情的叙述，应该是可信的。因为前者关乎人格，后者只是风流，在淫佚成风的明末社会里，王世贞没有必要栽他这赃。

万历十年六月，张居正寿终正寝，备极哀荣，十月，追劾者起，反攻倒算，十一年三月，尸骨未寒，夺其官阶，十二年四月，抔土未干，又籍其家。最为惨毒的，因为抄不到万历所想像的那么多金银财宝，令围江陵祖居，挖地三尺，株连勒索，刑讯逼供，家人有饿死的，有上吊的，剩下的也都永戍烟瘴地面，充军发配。

张居正这个家破人亡的最后结果，并不比商鞅或者谭嗣同更好一些。

在这场清算运动中，最起劲的，最积极的，最没完没了的，恰恰是信任或是听任他进行改革，并坐享其改革成果的万历。而最莫名其妙的，清算张居正的同时，矫枉过正，将初见成效的改革大计，也否定了。

这个老谋深算的政治家，竟没有估计到，你过去钤制他的压力愈大，他后来反弹你的抗力也愈高。一旦得手，不狠狠地往死里收拾才怪！《实录》说张"威权震主，祸荫骖乘"；海瑞说张"居正工于谋国，拙于谋身"，都有为他惋惜之意，认为他这样具有高智商的政治家，应该懂得最起码的机变韬晦之道。人走茶凉，当是不可避免，但死无葬身之地，险几抛尸弃骨，就得怪张居正太相信自己的强，而太藐视别人的弱。

强人会弱，弱人会强，这也是大多数强人得意时常常失算的一点。

张居正的全部不幸，是碰上了不成器的万历，这个精神忐忑，性格偏执，缺乏自律能力，心理素质不算健全的青年人，做好事，未必能做好，做坏事，却绝对能做坏。诸葛亮比他幸运，虽然阿斗同样不成器，但后主懦弱，始终不敢对相父说不。张居正辅佐的朱翊钧，却是一个翻脸不认账的小人。你在，我怕你，你不在了，我还用怕你？再说，冯保给外放了，太后也交权了。一拍御案，统统都是张居正的错，又能奈我何？

鲁迅与曹聚仁的通信中，感慨过"古人告诉我们唐如何盛，明如何佳，其实唐室大有胡气，明则无赖儿郎"。清人赵翼在《廿二史札记》中，也论述过"盖明祖一人，圣贤豪杰盗贼之性，实兼而有之者也"。这就是说，"圣贤豪杰"与无耻、无赖、无所不用其极的"盗贼之性"，同在一个人的身上，是可能的。

我怀疑明代诸帝的这种无赖基因，是不是从开国皇帝朱元璋承袭下来的？一上台还透着几分英明，几分正确，但都坚持不多时日，便一百八十度地走向倒行逆施的反面。这个埋葬在定陵里的据说腿有点短的家伙，也逃脱不掉明代皇帝的通病。

你活着的时候，他忌惮你，一口一声"张老先生"，循规蹈矩，知书识理，你以为，替大明王朝，辅佐出一位中兴之主。事实不然，你一旦闭上眼睛，你树了无数的敌，就要跟你算账，其中最可怕者，恰恰是昨天的有为青年，今天的无赖帝王。

无赖行径，成为一个统治者的主流，治国就是一场胡作非为的游戏。

张居正死的当年，朱翊钧自毁长城，将蓟镇总兵官戚继光调往广东。张居正死的次年，努尔哈赤统一女真各部，崛起关外。这绝不是偶然的巧合，而是清盛明衰的前奏曲。一个政权，旺盛是需要水滴石穿的努力，衰败却常常是转瞬间的事。特别是他搞掉张居正后的数十年间，疯狂搜刮，拼命聚敛，以致民乱迭起，蔓延全国，成不可收拾之势。

明亡祸根，缘起多端，但总结起来，无非，一、内乱，二、外患。这一切，都始自于朱翊钧这个无赖。历史是无法假设的，若以上表所显示的国家财政收入进展态势，如果张居正的改革，不因其死而止，不因万历的感情用事而废，不因继其任者避事趋时而停顿；萧规曹从，坚持改革，明王朝的气数，不至于那么快就完蛋的。

因为中国为农业大国，农业为国之命脉，起着举足轻重的作用。但农业的生产周期短，以年计，只要有休养生息，恤民安农的政策，有风调雨顺，五谷丰登的年景，用不了数年工夫，国家就会富足起来。更可贵的，是中国人所具有的耐受精神，乃汉民族绵亘五千年的最大支撑力。哪怕命悬一丝，稍有纾解，立能生聚出复兴的活力。也只不过经张居正十年努力，太仓存帑积至四百万两，国库之充盈，国力之雄厚，为明历朝之最。《明史》说："神宗冲龄践祚，江陵秉政，综核名实，国势几于富强。"这当然是张居正的改革奇迹，也是中国人一旦有了正确指引，民族精神就必能焕发的结果。

据陈登原《国史旧闻》，载林潞（此人约与方苞同时）的《江陵救时之相论》竭力赞许这位改革家："江陵官翰苑日，即已志在公辅，户口厄塞，山川形势，人民强弱，一一条列，一旦柄国，辅十龄天子，措意边防，绸缪牖户，故能奠安中夏，垂及十年。至江陵殁，盖犹享其余威，以固吾圉者，又十年也。"

从太仓银库岁入银两统计，也确实证实，即使在其死后，张居正的改革，还让朱翊钧当了多年太平天子。

| 张居正生前 | 太仓存银数 |
| --- | --- |
| 万历元年（1573） | 2 819 153 |
| 万历五年（1577） | 4 359 400 |
| 万历六年（1578） | 2 559 800 |
| 万历八年（1580） | 2 845 483 |
| 万历九年（1581） | 3 704 281 |

| 张居正死后 | 太仓存银数 |
| --- | --- |
| 万历十一年（1583） | 3 720 000 |
| 万历十三年（1585） | 3 700 000 |
| 万历十四年（1586） | 3 890 000 |
| 万历十八年（1590） | 3 270 000 |
| 万历二十年（1592） | 4 512 000 |

（据樊树志《万历传》）

朱翊钧统治的 48 年间，张居正辅佐的前 10 年，有声有色。此后的 38 年，这位皇帝渐渐与其祖父嘉靖一样颓唐庸惰，无所作为，"因循牵制，晏处深宫，纲纪废弛，君臣否隔"，"以致人主蓄疑，贤奸杂用，溃败决裂，不可振救"。每况愈下，直到不可救药。（据《明史》）

神宗以后，败亡加剧，光宗在位一年，色痨而亡，熹宗在位七年，政由魏、客，思宗在位十七年，换五十相，明末的这些不成材的皇帝，不亡何待？所以，万历死后第 25 年，大明王朝也就国将不国了。他的孙子朱由检，被努尔哈赤的后代逼到景山顶上，那棵在"文革"期间锯断的歪脖树，见证了朱明王朝的终结。

所以，《明史》对这位昏君，有一句精彩的结论："明亡实亡于神宗，岂不谅欤！"其实，明代的亡国之兆，张居正一死，就出现了。

张居正是中国历史上少有的政治强人，因为事实上只有他孤家寡人一个，以君临天下的态势，没有同志，没有智囊，没有襄助，没有可依赖的班子，没有可使用的人马，甚至没有一个得心应手的秘书，只用了短短十年工夫，把整个中国捣腾一个够，实现了他所厘定的改革宏图。这种孜孜不息，挺然为之，披荆斩棘，杀出一条生路来的精神，是非常值得后人钦敬的。

但是，封建社会已经到了百足之虫、死而不僵的没落晚期，不论什么样的改革和改良，都不可能取得成功，腐朽的制度如下坠的物体，只能加速度地滑落，而非人力所能逆转，这也是旧中国徒劳的改良主义者，最后逃脱不了失败的根本原因。

不过，就张居正的改革而言，其杰出的历史地位，是不言而喻的。但肯定的同时，他的骄奢跋扈，恣情声色，刻薄寡恩，也是后来人对其持保留看法的地方。清《四库总目》收其《张太岳集》，提要评论他曰："神宗之初，居正独掌国柄，后人毁誉不一，迄无定评。要其振作有为之功，与其威福自擅之罪，两俱不能相掩。"

对这样一位复杂的历史人物，这样一位生前享尽荣华，死后惨遭清算的改革者，个人的是和非，还可以千古议论下去，张居正在历史上给我们的启示，便是这种对于改革的认知，便是他的永远的价值。

从张居正的实践中，我们知道，中国需要改革，如大旱之望云霓，中国可以改革，如春风之德草。旧时的中国是这样，新兴的中国更是这样。

改革，中国的希望，这就是结论。

# 和珅跌倒嘉庆吃饱

□ 李国文

公元 1799 年（嘉庆四年），八十九岁的太上皇乾隆，去冬不豫以后，病情每况愈下，转过年来，初一加剧，初二不起，初三驾崩，乾隆盛世至此告一段落。

中国皇帝通常都很短命，弘历是为数不多的长寿者，然而，不论臣民们将万寿无疆这个口号，喊得如何震天动地，最终还是老天爷说了算，让你五更死，不得到天明，他眼睛合上了。

送终的人当中，有两个人表情比较怪异，一个吓得要死，极恐惧，但要做出极镇静样子的，是和珅；一个乐得要死，极快活，但要做出极悲苦样子的，是嘉庆。其他跪在大行皇帝灵前作泣血状，作痛不欲生状的皇亲国戚，文官武将，对这一君一臣的表演，看在眼里，记在心里，都估计会有一场好戏可看。但没有料到戏文马上开始，连上场锣鼓都没敲，大幕就拉开了。

嘉庆不是很有为的帝王，但对付和珅，其行动之迅雷不及掩耳，其手段之斩草除根不留后患，倒是表现得极其刚毅决断，似乎颇有一点英主之气，可惜他一辈子好像也就英明伟大这一次。"初三日，纯皇帝殡天，初四日，上于苫次谕统兵诸臣，初五日，御史广兴疏劾和珅不法，初八日，奉旨革和珅职，拿交刑部监禁"（无名氏《瘗珅志略》）。要不是考虑到皇妹是和珅的儿媳，要不是考虑大年节下开刀问斩不吉利，和珅早就人头落地了。

这也好，让这位中国历史上不数第一，也数第二的巨贪，看着自己积二十年的搜刮，堆砌成的一座价值八万万两银子的冰山，霎时间化为乌有。关在大牢里的和珅，看到这样一个下场，能不感慨万千吗？抚今追昔，于是，一首诗涌上心头："夜色明如许，嗟余困未伸。百年原是梦，廿载枉劳神。室暗难挨暮，墙高不见春。星辰环冷月，缧绁泣孤臣。对景伤前事，怀才误此生。余生料无几，空负九重仁。"

诗，写得不怎么样，但却是正经八百的"大墙文学"。

"大墙文学"分两类，一类是关在大墙里写的，另一类是走出大墙后写的，前者我相信真情实感要多一些，后者，难免有得便宜卖乖的成分。因为不论哪个朝代，只要进到局子里，"只许规规矩矩，不准乱说乱动"这个戒条，是千古以来蹲班房者的第一守则。至于出来大墙以后，笔走龙蛇，天马行空，那精神状态就大不一样了。所以，索尔仁尼琴的《古拉格群岛》，尚可一读，但他走出古拉格，跑到美利坚之后的作品，便少有精彩，大概也是这个原因。

从"诗言志"的角度看，和珅的诗，百年一梦，廿载劳神，还真是言之有物，不能不说是深刻的谛悟，比之后来那些或刻意渲染，或无病呻吟，或意在泄愤，或涂脂抹粉的"大墙文学"，要有看头得多。但从艺术角度上仔细推敲，此诗也不免"大墙文学"共有的那种意蕴浅白，直奔主题的通病，感情是有的，诗情就不足了。前人也说此诗："诗殊不佳，足觇其概。"

但"廿载枉劳神"的这个"枉"字，倒是古今中外贪污犯最后必然会产生的顿悟。何谓"枉"，就是头掉了，命没了，纵使贪下金山银山，又个个屁用？最滑稽的当数唐代巨贪元载，代宗李豫抄他的家，竟查出调味品胡椒八百石，总量约合60吨，实在令人匪夷所思，谁也弄不懂他收藏这吃不完、用不尽、卖不出、无它用的香料干什么？最后死时，他连一粒胡椒也带不到阴间去。宋代巨贪蔡京也是一个莫名其妙的大贪官，失事后抄家，发现其家有三大间屋子，从地下一直堆到房梁，装满了他爱吃的黄雀酢，即使他转世投胎二百次也食用不尽。最具讽刺意味的是他的结局，在充军发配途中，老百姓对他恨之入骨，硬是不卖给他食物，给多少钱也不卖，活活饿死了。同样，和珅曾经拥有八万万两银子，在写这首绝命诗的时候，口袋里空空如也，连一个钢镚儿也没有。

能不长叹一声"枉"也者乎？

尤其让他感到十分的亏和十分的冤，这些钱全进了绝不是他的对手，那个窝囊废嘉庆的腰包，让他捡了一个天大的便宜。所以，公元1799年，和珅倒台后，京城流行的一句民谣，便是"和珅跌倒，嘉庆吃饱"，八亿两银子，相当于朝廷十年的总收入，这位皇帝，没法不在他父王的灵前偷着乐。

话说回来，巨贪和珅虽万死难赎其罪，但若无其主子乾隆的百般宠信，纵容包庇，他有可能贪污下如此天文数字的赃款？现在已无法弄清楚和珅感到"空负九重仁"的乾隆，为什么任其贪赃枉法的真正内情了。

因为，中国的历史学家有"为尊者讳"而隐恶扬善的传统，个人写的回忆录，通常也是尽说好的，不说孬的。有的人，甚至将屁股上没擦干净的遗矢，也美化成头顶上的光环，历史遂成为扑朔迷离、雌雄莫辨的谜。不过，若按《史记》和《汉书》的《佞幸列传》类推，凡能成为帝王的弄臣者，多半具有同性恋的关系，而和珅，偏偏是一位"仪度俊雅"的美男子。因为，从乾隆对和珅无微不至的关怀来看，他不像万岁爷，更像一位老情人。我始终在想，弘历如此厚爱和珅，是不是有可能存在着性畸变的因素，也是说不定的。

据《庸盒笔记》，谈到和珅的发迹史："乾隆中叶，和珅以满洲官学生在銮仪卫当差，选舁御轿，一日，大驾将出，仓皇求黄盖，不得。高宗曰：是谁之过欤？各员瞠目相向，不知所措，和珅应声曰：典守者不得辞其职。高宗见其仪度俊雅，声音洪亮，乃曰：若辈中安得此解人？问其出身，则官学生也。"

"俊雅""解人"二语，耐人寻味。

有的野史演义，说和珅乃轿夫出身，是有点臭他。但乾隆三十四年（1769），和珅30岁前，在相当于仪仗队的銮仪卫为三等侍卫，是一个极普通的、扛扛旗子或者打打黄伞的仪仗队员，大概是不会错的。然而，命运这东西也难以预料，一是他的优雅风度，二是他的识解理趣，被高宗一眼看中，这是乾隆四十年（1775）的事情。于是，时来运转，升任御前侍卫和副都统，将他调到身边来了。

君臣之间的距离缩短，这是最最关键的一点，读者幸勿轻轻看过。

果然，不到一年间，比单口相声《连升三级》还邪乎，升为户部侍郎兼军机大臣，兼内务府大臣，兼步军统领。也就是说，一身兼任财政部、内务部、首都警备区和陆军司令等要职。前清的军机大臣，实际上就是一人之下、万人之上的宰相，乾隆将如此机要重职授予他，可见对这位弄臣爱之弥切。好像还怕其仅拥有炙人权势，不足以表示对他的爱，格外赏他一个崇文门税务监督的肥缺。旧时北京有东富西贵之说，别看这是级别极低的衙门，但却是一个肥得流油、日进斗金的美差。

乾隆四十五年（1780）以后，益发飞黄腾达，由户部侍郎升为尚书，副部级升为正部级，副都统改为都统，内务府大臣上加衔领侍卫内大臣，军机大臣上加衔议政大臣、御前大臣，兼理藩院尚书。尤其贻笑大方的，将一个基本上没有学问，未经科举，也没读过多少经史子集的，只是一个官学生（大约相当于高中文化程度）的和珅，兼四库全书馆正总裁，别看纪大烟袋学富五车，才高八斗，也只能给他当副手。

这就是我说你行，你就行，不行也行的古代版。乾隆帝真是爱他呀，把最钟爱的小女儿和孝公主，许配给和珅的儿子丰绅殷德，君臣两人成为儿女亲家，试想，天底下，除了乾隆以外，还有谁能超过他？嘉庆，他根本不放在眼里的。

乾隆四十六年（1781），和珅再兼兵部尚书头衔，外加管理户部三库，老爷子等于把国库的大门钥匙，也交给这位情人，任其自取。乾隆四十八年（1783），和珅交出兵部尚书衔，任户部、吏部两尚书，受封为一等男爵。乾隆五十一年（1786），由协办大学士升为文华殿大学士，为户部的管部大臣，有权管理户部所有长官；五十三年（1788）晋升为三等伯爵；五十六年（1791）兼翰林院掌院学士，步步高升，令人目不暇接。嘉庆二年（1797），乾隆帝身为太上皇，仍不忘自己的情侣，改任和珅为刑部管部大臣，兼户部管部大臣，嘉庆三年晋升为公爵。

乾隆将一个仪仗队员，抬举到掌管军国大事的重位，尤其当了太上皇以后，全权委托和珅便宜行事，气焰嚣张到极点，别说满朝文武，大小官员，对他畏之如虎，就是皇子皇孙，亲王贝勒，对他也是要礼敬三分，甚至已正式称帝的嘉庆，有什么事要面奏乾隆，也得拜托和珅，请他通融。

唐之元载，宋之蔡京，明之严嵩，都是历史上有名的贪官，但得到帝王如此高抬厚爱者，和珅是独一份。中国帝王的男宠之风，在《二十四史》中，唯有《史记》《汉书》不怎么避讳，直书"共卧起"这种同性恋行为，嗣后的史家，便闪烁其词了。但从和珅所受的宠遇看，龙阳之兴，断袖之癖，帝王的弄臣现象，一直到清末，仍是中国宫廷中最阴暗的一角。

所以，和珅不仅是巨贪，恐怕更是中国污秽文化中的那最肮脏的毒瘤。

颙琰登基四年，说来可怜，是个有名无实的儿皇帝，一切都得视老子的脸色行事，还要与大权在握的和珅虚与委蛇。所以，盼着太上皇撒手西去，做大清国真正的一国之主，是颙琰四年来的梦。好，这一天终于来到，老爷子终于不再指手画脚，停放在殡殿里了。

和珅的神气，马上就是昨夜星辰昨夜风了，傻子也能看得出来，嘉庆在"御榻前捧足大恸，擗踊呼号，仆地良久"，那三流演员的蹩脚演技，完全是在装蒜。但从他掠过和珅时的眼神，谁都明白，这位权相的脑袋能在脖子上维持多久，是大有疑问的了。

谁教他拥有那么重令人嫉恨的权，那么多令人眼红的钱呢？从 1775 年到 1799 年，和珅倚势弄权，疯狂聚敛，二十多年，搜括下八亿两银子的天大家业，创下中国贪污史上的吉尼斯纪录。

从清人笔记中，查出来的三种说法，基本上是相同的：

一、《清稗类抄·讥讽》："和珅在乾隆朝，柄政凡二十年，高宗崩，仁宗赐令自尽，籍没家产，至八百兆有奇，时人为之语曰：'和珅跌倒，嘉庆吃饱。'""八百兆"，即 800 000 000 两银子，清代的一两银子，约相当于人民币 50 元~60 元，其查抄财产总值应该有 40 亿至 50 亿人民币的样子。

二、《庸盦笔记·抄查和珅清单》："十七日，又奉上谕，前令十一王爷盛柱庆桂等，查抄和珅家产，呈奉清单，朕已阅看，共计一百零九号，内有八十三号，尚未估价，已估者二十六号，合算共计银二万二千三百八十九万五千一百六十两。"这个数字为 223 895 160 两，仅仅是已估价者；而尚未估价者，三倍有余，其总数也应接近上述引文所估。

三、《梼杌近志·和珅之家财》，则说得更为清晰："其家财先后抄出凡百有九号，就中估价者二十六号，已值二百二十三兆两有奇。未估者尚八十三号，论者谓以比例算之，又当八百兆两有奇。甲午、庚子两次偿金总额，仅和珅一人之家产，足以当之。政府岁入七千万，而和珅以二十年之宰相，其所蓄当一国二十年岁入之半额而强。虽以法国路易第十四，其私产亦不过二千余万，四十倍之，犹不足当一大清国之宰相云。"

满清末季，屡败于列强，所签不平等条约都以割地赔款了事。其中《马关条约》，赔款为二亿两，《辛丑条约》，也就是庚子赔款，为四亿五千万两，两者相加，为六亿五千万两，"仅和珅一人之家产，足以当之"，清末民初的人士，持有这样的看法，当然也是有根有据的。

贪污，对政权来说，犹如人之流血不止的创口，要是不止住汩汩流血，这个人最后必失血而亡。同时，贪污，对统治者来说，犹如人之患恶性传染病，要是得不到控制，疫情扩展，许多人都因染此贪症而亡。清代自乾隆后，便走下坡路，出现这样总额为八亿两银子的巨贪，以及随后嘉道咸同更大面积的贪污腐败，不能不说是满清灭亡的重要原因。

据《清史稿》，以乾隆五十六年计，岁入银四千三百五十九万两，岁出银三千一百七十七万两。以嘉庆十七年计，岁入银四千零一十三万两，岁出银三千五百万两。那么，和珅个人的家产，相当于大清国每年 GDP 数的二十倍以上，颙琰要不眼红才怪。

所以，初三那个夜晚，老爷子停尸在寝宫，嘉庆来了个绝的，一是为了切断和珅与外界的所有联系，二是为了给这对同性恋伴侣最后一次厮守机会，他当众宣布，着委和相替朕为大行皇帝守灵。

和珅敢抗旨说一声不？

和珅敢借口我要回家穿件厚一点的衣服？

和珅只敢在心里骂，你这个小王八蛋羔子，老子早该让老头子将你废立！

嘉庆看着他，知道他所思所想，更知道他后悔不迭，下手已晚，因此，也在心里回答他，阁下，除非你有办法让老头子还阳，否则，你死定了！

在中国，作皇帝者，一国之主，贵为天子，未必不是小人，说不定，是最大的小人，而小人，又有几个不睚眦必报呢！嘉庆资质平平，才分很低，从顺治、康熙、雍正、乾隆，到他，恰巧也是"君子之泽，五世而斩"的衰仔了。但是，老子断气以后，能够当机立断，果敢行事，令人对他刮目相看。第一举措，就是褫夺和珅的军机大臣、九门提督等职，第二举措，是"不得任自出入"，切断与其党羽联系，令这位弄臣在殡殿昼夜守灵，按时下的说法，也就是"双规"了。

大清王朝，仿佛成为一种传统，每次易帝，都有一场对前朝重臣的残酷清洗。如顺治清算多尔衮，如康熙擒捉鳌拜，如雍正禁锢隆科多，赐死年羹尧，如乾隆除掉讷亲，以及嘉庆赐令和珅自尽……应该说，都是一出出精彩好戏。密谋策划于幕后，酝酿串连于地下，枭首祭刀于不防，斩草除根于无穷，风云变色于顷刻，刀光剑影于宫廷，这些权力角逐中血肉横飞、人头落地的大辫子皇帝，想不到三百年后，成了荧屏的香饽饽，编导演的摇钱树，为中国这班弱智的艺术家，提供了一个最佳的艺术上安乐死的机会。

封建王朝接班人的更迭，即使父死子继的正常承袭，也是一次宫廷地震。坐上龙椅的新主子，往往先做两件事，一是消灭竞争对手，二是清洗前朝重臣。嘉庆不能饶了和珅，就因为他同时拥有上述双重身份，不干掉他，这龙椅未必坐得稳。更重要的，他接手的是一个老爷子六下江南花空了国库的赤字政府，而和珅，腰包却鼓得要命。现在，老爷子死了，我不朝他要钱，跟谁要？

可要他钱之前，先得要他命。

嘉庆想吃掉和珅，要他这份天大的财富，蓄谋已久，非止一日，从铲除和珅的全过程看，那滴水不漏，周密细致，按部就班，斗榫合卯的精确，显然，有一位幕后高参，早就为他制订下一份日程表。我一直在史册中寻找这位级别至少是九段的权术高手，曾经是嘉庆为太子时的老师，后来，受和珅迫害谪降外省的老夫子朱珪，我觉得大有可能。这位吏部尚书，署安徽巡抚，应该是清算和珅这出好戏中，深居幕后，绝不出头露面，然而老谋深算的高级参谋。

颙琰让和珅在殡殿"双规"，这是当年崇祯在其兄死后接位，收拾魏忠贤时，派魏为山陵使，发往昌平修陵的老戏重演，这一手，绝非凡庸的嘉庆想得出来，肯定是他当年的侍讲学士朱珪指点，但历史记录，包括最详尽的起居注，都隐除不述。只有"自是大事有所咨询，（朱珪）皆造膝自陈，不草一疏，不沽直，不市恩，不关白军机大臣"这些词语，略可了解有关朱珪的蛛丝马迹，但仅仅这些词句，大致可以猜想出来，这位嘉庆的老师在这次清洗运动中的作用了。

嘉庆接乾隆，与其祖父雍正接康熙，情景大致相似。这两位都是高龄统治者，康熙在位60年，乾隆在位64年，长期执政，力衰心竭，生理的老，是宇宙新陈代谢之必然，所以，年长的统治者，治国的经验可能非常宝贵和丰富，但身体力行起来，就缺乏年轻领袖的朝气和干劲。加之心理的老，也使得这些高龄帝王缺乏应变机能而落伍，趋向求稳保守而滞后，往往不能适应时代的变化发展，而走向自己的反面，所以，弘历晚年与玄烨晚年，都将一团糟的政局交给接班者。

老爷爷最适宜扮演的角色，是给孩子们带来礼物的圣诞老人。七老八十，日理万机，宵衣旰食，勤民听政，对自己说来是痛苦，对别人说来就更痛苦，对整个国家而言，绝对是祸不是福。这二位，史册的记载，都有"晚年倦勤骄荒，蔽于权幸""性喜夸饰，适滋流弊"等词句，可见这都是老皇帝易犯的通病。这两朝最后所形成的政纪松弛，官员腐败，财政拮据，国库空虚的结果，也差不太多。

但是，雍正是干才，能够扭转康熙造成的颓势，而嘉庆是庸才，无力改变乾隆的衰势，弘历退位第45年，爆发了鸦片战争，从此，大清王朝便一败涂地，这就是老人统治的必然结果。

朱珪导演的嘉庆干掉和珅，与崇祯干掉魏忠贤，是同一出戏的明朝版和清朝版，但朱由检可是单打独干，没有一个人帮他的忙。最初，朱由校驾崩，遗命他登基接位，处境比嘉庆险恶得多，魏忠贤只要看他不顺眼，随时可以置他以死命。进宫后的崇祯，连宫里的饭都不敢吃一口，生怕下鸩，将其毒死，好几天只吃揣在怀里的，系他嫂子熹宗皇后为他烙的饼。而颙琰，实际上是有一个反和珅的地下集团，为其出谋划策，说不定去年冬天，乾隆一病不起之后，嘉庆就将首席参谋朱珪密召回京。

这一切，和珅蒙在鼓里，了无所知，这就是作恶者"得道多助，失道寡助"的效应了。第一，他之不得人心，已到了天怒人怨的地步；第二，他之贪得无厌，也到了鬼神俱惊的程度。据近年来抓获的贪污犯来看，无论大小，只要钻进钱窟窿里，就完蛋了，钱是他的命，钱比他的亲爹亲妈还亲。和珅也是如此，握权二十多年，疯狂攫取，不顾一切，为非作歹，利令智昏。乾隆干什么，他也许能知道，嘉庆干什么，他未必全知道，而这位被他进了谗言外放的朱珪，就更不可能知道何去何从，即使别人微闻风声，也不会去向他报告。此人不但不去安徽当巡抚，还在京城住下，为了进宫方便，在靠紫禁城较近的东华门，置了一套小院，有事没事，一顶小轿抬进宫来"造膝自陈"。看来，大家不但把和珅瞒得死死的，对他的铁杆亲信，也封锁得严严的。

于是，"初八日，奉旨革和珅职，拿交刑部监禁"以后，"十八日，公拟和珅罪状，请依直隶总督胡季堂条奏，照大逆律，凌迟处死，着从宽，赐令自尽"（据无名氏《礲珅纪略》）。从和珅的兴亡史，我们可以得出这样一个结论，正是因为他一有权，二有保护伞，三有贪得无厌的欲望，四有愈陷愈深的侥幸投机心理，五有最容易滋生贪污腐败的王朝体制，才成为中国封建社会最后的，也是最大的贪污犯。

现在来看，"和珅跌倒，嘉庆吃饱"，换个说法，"嘉庆为了吃饱，和珅必须跌倒"，也未尝不可。和珅固然该杀，但嘉庆也不是好东西。虽然，和珅殚思竭虑地提防嘉庆，但从未想到趁乾隆活着，将颙琰废立。按说，结党营私，羽毛丰满，盘根错节，上下呼应的他，要想政变夺权，难保不能成功。可是，年届花甲，双足委顿的和珅，再也没有力气和勇气，去冒什么险了。尤其，日积月累，那八亿两银子堆成的金山，对这个"少贫，无籍，为文生员"出身穷苦旗民的和珅来说，早已异化为财富的奴隶，别想再有什么作为。

看起来，《清史稿》说他"少贫无籍"这四个字，有深意焉。中国历史上的四大贪官，唐之元载，宋之蔡京，明之严嵩，清之和珅，以及 21 世纪前后或毙或关的级别很高的贪官，都与早先贫穷的身世，寒苦的家庭，小农经济意识的精神世界，缺乏起码的文化教养，有着某种因果关系。他们在聚敛的兴趣，贪污的癖好，搜刮的目标，以及从贪黩中获得满足感方面，在为非作歹的过程中，胃口之贪婪无耻，手段之穷凶极恶，行为之卑鄙下流，淫乱之动物本能，道德之沦丧殆尽方面，无论过去的贪官，无论现在的贪官，无论巨贪、惯贪，无论大贪、小贪，都是在精神上的小农意识，和基因中的穷人心理支配和影响下，毫无例外地都是一丘之貉。

时下那些出身虽好，但并未改变小农世界观的各级干部，别看读了大学，满嘴洋文，别看穿着西装，一身名牌，别看法式大餐吃得比法国人还地道，别看跳华尔兹 gentleman 到了极点，灵魂中，压根儿还是一个要跟吴妈困觉，要摸小尼姑的脸，要白衣白盔地去抢去劫去偷去摸的那个阿 Q 式的农民。

所以，位居相国，总揽朝政的和珅，也不能例外，作为侍卫内大臣，充四库全书馆正总裁，尽管相当程度的假冒伪劣，哪怕装蒜，也应做出领袖儒林，一代学宗的样子。但是，一个穷人，即使发了财，发了很大的财以后，那小农心理可不是一时半刻就能改变的。这个有了八亿两银子的相爷和珅，与以前没有多少饷银的仪仗队员和珅，与以前生计维艰家境贫寒的旗人子弟和珅，那一份铭刻在心底里的寒酸，是永远也不能磨灭的。"和相赋性吝啬，出入金银，无不持筹握算，亲为称兑。宅中支费，亦由下官承办，不发私财，其家姬妾虽多，皆无赏给，日飧薄粥而已。"

他早年是御轿打旗的，后来他发达到也可以坐御轿，由别人为他打旗的地步，但他的灵魂中，还是那个打旗的，一口一声"喳"的侍卫形象，外变而内不变，形变而实不变，这是中国所有"少贫无籍"的贪官污吏，最可悲的心理状态。在八亿两银子的金山前面，我们看到的，是一个极委琐的被财富侏儒化了的农民而已。

和珅，作为小农，鼠目寸光，作为穷人，惜财如命，作为奸佞，以为只消将主子伺候得舒舒服服就行，而遑顾其他，作为同性恋者，只图眼前的欢乐，根本想不到情人会有被上帝召走的那一天。于是，他不怎么把嘉庆放在眼里，更不把满朝文武放在眼里。他知道有反对派，知道有不甚买他账的大臣，也知道表面恭顺的嘉庆，未必真心服气于他，但他认为有老爷子罩着，便浑不在乎。可他忘掉了，更多的，是那些保持着沉默的大多数老百姓，这些不发出声音的人，才是他无法逾越的喜马拉雅。

一旦你倒台，便是过街耗子，便是千秋万代的臭名。

据《鸥波渔话》，处死这位巨贪以后，"又于和珅衣带间，得一绝句云，'五十年来幻梦真，今朝撒手撒红尘。他日睢口安澜日，记取香烟是后身。'"

无论是"廿载枉劳神"，还是"五十年来幻梦真"，对这位"大墙文学"的作者而言，一切的悔恨都未免太晚太晚。如果，他知道，还有三天，被赐自尽，也许连这点诗意也化为乌有了。

# 今日贺兰山

□ 杨闻宇

层石叠压起伏的色色石棱一如披开的马鬃，一峰一马首，千峰成千骑，群骧北昂，长鬃后曳，不知是马蹄疾呢，还是朔风烈？势态骎骎，仿佛有声。唐代《元和郡县志》载："山有树木，青白如驳马，北人呼驳为'曷拉'（转音为'贺兰'）。"而今的贺兰山没有多少树木了，驳马的形象却依然如故。

此山集中了我国六分之一以上的大地震，是蕴有火气的或者说是火气挺大的一座山。

九百年前，元攻西夏，为毁其地脉，灭其王气，恣意纵火烧山。"云锁空山夏寺多"，当年的三十七处山口无口不寺，现在呢？只剩下大武口的一座寿佛寺，其余寺院统统烟消云散了。

人类战争的火气，与山的固有气质相辅相成。绵亘二百五十公里的山脉北端多煤，厚处有三十多米。糟糕的是，有些露天矿形成自燃，怎么也扑不灭。我们驱车钻进一条深沟，远远就冲来了呛人的煤焦气味，崖上有些灰色煤层里正闪动着一坨坨火炭，仿佛是危病高烧的患者睁开了血红的眼睛，令人惊悸、寒心。

大凡行经秀丽的山，人能须眉沁绿，肺腑生津；从贺兰山穿堂过，我们却是"满面尘灰烟火色"，鼻孔变成了两眼小煤窑，里边是抠不净的黑灰。一座接一座的丑陋山包很像是太上老君赌气从天上摔下的焚余的炉渣，只有水沟、河滩里才现出星星点点的少许绿色，色气比飘飞的浅色蝴蝶还要淡泊。前几年我去过中越边境，茂草没人。几与丛林混同；这塞北里却是矮树如草，漫不住鞋底。反差太大了。

山里有泉吗？有。进得山来，我就住在"八眼泉"，近旁。仔细数了数，只有五眼泉水。一位军人告诉我："从前驻在这儿的部队想进一步扩大泉眼，埋进炸药，没料想爆破之后，三眼泉弥了，拼死拼活刨不出来，寻不见了。"莫非是山泉有灵，畏怯暴戾的炮火硝烟么？沟里漾动着清泉，半山腰有明代长城的遗痕。泉水汩汩，古长城却渐渐隐灭于群山乱石之中，不经知情者认真指点，简直看不出眉目。清泉为山之灵乳，欲疏则壅蔽；长城是人系的腰带，逐渐在脱落。贺兰山有它神秘的心性。

山深泉高，其水不寒。零下30摄氏度的严冬，水还泛热气，沾濡在泉边的青草，漫天飞雪里益发是翠盈盈的。朔方塞外，简直是不可思议。我扯起浸在湿土里的半尺长的青草认了认，嗅了嗅，禁不住叫出一声："真乃仙草！"八眼泉位于北山之正中，属宁夏境地，朝西翻过山脊便闪入内蒙古地界。去阿拉善左旗的途中，下山时逢一山泉，停车洗手，水寒彻骨，一山之泉，穴位不同，蕴藏的火气就轻重有别。

偌大个山区，散布着我们的军队。没有泉水的地方，只有用毛驴拉水。可以说，在所有活物中，驴儿是贺兰山里的一宗"宝贝"。

中将皮定均在西北当司令官时，指定贺兰山里每个连队要喂养三头驴，每驴每月五斤料，与军粮一道如数下拨。驴儿拉水之外，哪个同志的恋人或者爱人进山探亲，也便套上铺有艳丽花被的毛驴车专接专送。皮司令早就不在了，连队也早就废除了养驴的章程，而老百姓家的驴仍在山沟里三五成群地窜游（山里看不见住户，驴儿却随处可见）。尤其是晚上灯熄人静时，驴儿就从一道道山沟里纷纷聚集到部队的营区里来了。每到后半夜，门口窗前"沓沓"乱响，你拉亮灯，再拉开门，灯光里是一大堆白唇长脸的毛驴，水灵灵的大眼睛直直地瞅住你，似曾相识，似有所语，不进也不退。"沓沓"响正是四蹄跺地的声音。山夜漆黑，峥嵘巨石如怪兽，而部队营区操场平坦，况且这地方又曾经养过驴，驴儿自动集拢过来，是恋旧，也是"寻根"。

我住室的窗外，因为就近八眼泉，便有一方小巧的"贺兰山公园"，匾额题字是胡公石老先生的手笔。园内百余株自山外移植的一人高的马尾松，夜间被毛驴长嘴揪光了嫩叶，惨不忍睹，谁见了都会对毛驴表示极大的愤慨。胡公石是于右任的入室弟子，现任全国标准草书社社长，老先生是晓得自己为这样个公园题了匾，八成会气得发昏。

驴儿披着苍茫夜色乱窜，这在山里早有传统。部队早年进山无所谓营区，也没有帐篷，就在山根下河滩旁临时掘下的地窝子里过夜，一长溜地窝子表面苫着席片，御风遮沙。有一个家在南方水乡的排长图新鲜，携着新媳妇特意赶进山里度蜜月来了，小两口就睡在地窝子里。一个后半夜好梦正香，"噗嚓"一声，席沙俱下，有巨物压体，排长惊呼一声，媳妇一下搂紧了他的腰，排长伸手四摸，摸出有毛茸茸的四条柱子插在角上。战士们闻声而起，举灯照明，齐声发喊，硬是从地窝里抬出一头大黑驴，驴儿不亢不卑，扑棱双耳掸掸沙土，全不把这场骚乱当回事儿。

由北端斜伸出去的石嘴子形成很古。它伸进了黄河，却卡不断黄河流水，两岸石崖对峙，河水过之"似口喷水"。谁也料想不到，一九六〇年，这里突然成了"石嘴山市"，而且一下成为宁夏境内仅次于银川的第二大市。

名为"石嘴"，实质上比"铁嘴""钢嘴"厉害，纯粹是为了"咀嚼"贺兰山而勃然兴起的，是冲着莽莽贺兰山疾速壮大起来的。工业化的触角深深地扎进山里，山里形成了八处煤田，二十八个井田。中外眼馋的无烟煤"太西乌金"，以汝箕沟所出最负盛名。在吉普车上，我向在山里驻守了二十年的张团长打问"汝箕沟"三字的来历，他笑了笑，幽默地说："这个著名煤矿是三个女人最先发现的，发现后就端着畚箕筛取。三女为'汝'，就叫汝箕沟。"车上的人全笑了。

干涸委顿的山峦，如赤身裸体屈脊扭腰的莽汉子，哪有敢来的女人呢？小车上下穿梭于无数条山沟，我们是一个女性也没有看到。公路上遇见的惹眼的庞然大物是西德进口的一次可载二十五吨煤的卡车，驰如飞箭，目中无人，根本就不减速，不礼让，全由那些威风得不可一世的"二百五"汉子驾驶着。国产的"东风""解放"远远瞄见就赶忙往边上躲闪。全线这号车有三十五台，日夜不息连轴转。高速重载，容易肇祸，传说汝箕矿上别有章程：开这号车一年内安全无恙，奖励彩电一台。

"贺兰山下阵如云，羽檄交驰日夕闻"（王维）；"半夜火来知有敌，一时齐保贺兰山"（卢汝弼）。千年前戍楼刁斗、兵家争斗的岁月已经过去了，现在是另一幅紧张万状的奔忙景象，这是人与自然对垒的、以现代化手段强行向地球索取的另一类"战争"。

山中多宝，煤之外，石灰岩、硅石、水晶、沙金、方解石、辉绿岩、白方石蕴藏量也相当可观。五十年前，李四光就预言贺兰山的价值远远超越了表层的壮丽。

傍晚时分，天光洁净，夕阳斜射。山峦的阴面更加黑暗，阳面是异样的清晰，比照分明，使贺兰山诸峰像是堆叠而起的大型金块，万般凝重，万般静寂，灿亮而壮观……这纯真华美的景象是短暂的，正如谁也觉不出浩茫暮色是怎样降临于人间一样，谁也说不清贺兰山里为什么会有如此非凡的储藏。

# 静影沉璧
## ——西子归宿考

□ 杨闻宇

西施，又名夷光；称做西子，是孟子开的头。这位春秋末年的著名美女，芳名远播，其生卒年月与归宿却一直是个谜。生卒年月不详可以理解，归宿不明，却纯粹是人为的。

宋人《锦绣万花谷》引《吴越春秋》云："越王用范蠡计献之吴王，其后灭吴，蠡复取西施，乘扁舟游五湖而不返。"《吴越春秋》是东汉赵晔所撰，原十二卷，今存十卷，全书于旧史所记之外，增入不少民间传说。文人们总是站在美女的"对象"立场，期望美女形象完整，而且有个大团圆的结局。据此文字，多方引申，惜美怜美之心人皆有之，长期耳濡目染，普通人也愿意相信西施是跟上足智多谋、富贵聪明的范蠡乘扁舟泛五湖，变易姓名，去人们不知道的好地方悄悄然安享清福了……

赵晔前有《史记》，书中只提范蠡，根本没有西施的故事。这个西施究竟归宿于何处呢？《吴越春秋》逸篇云："吴亡后，越浮西施于江，令随鸱夷以终。"西子殁后两千年，杨慎解释："随鸱夷者，子胥之譖死，西施有力焉。胥死，盛以鸱夷。今沉西施，所以报子胥之忠，故云随鸱夷以终。"认为西子谗譖子胥，不知杨慎所本，今人难究其详。认可"越浮西施于江"，却与《墨子·亲士篇》里关于西施的最早期的记载相一致："西施之沉，其美也。"一说"浮西施于江"，一说"西施之沉"，将西施缚置舟上，让其随着波涛浮荡而渐渐沉没，终究是沉之于幽幽江底了。浮、沉二字，一个意思。

"吴王亡国为倾城"，吴国败亡，后世公认西施是立有大功的。论功行赏，按理说越王是应当予以重赏的（伍子胥是吴国的忠臣良将，倘是西施将这个人譖死，则更为功高）。吴亡后，越王非但对之无赏，反而要将其"沉江"喂鱼喂虾，这是什么原因呢？

越女情重，西施在吴有一个无可回避的、致命性的失误，她是真心实意地爱上了夫差，忠实于夫差。要说这是弄假成真，她不能弄假成真。

勾践、范蠡最初拟订美人计要将西施献给夫差时，要让夫差朝歌夜舞、饮酒作乐、沉溺于女色仅仅是手段，终极目的是让他荒芜朝政，对越失去警觉性而丧国灭身。无论手段还是目的，作为密谋诡计，决然不会告知于任何一个第三者。他们充其量只会这样告诉西施："因为你生长得聪慧、善良、能歌善舞（离乡后受过短期专门训练），我们准备送你去吴国享洪福。到了吴王身边，你要尽心尽力的服侍他。他若能深深地喜爱你，我们这些作臣子的也就算有福了。"勾践身边的其他谋士，包括护送西施的特别使者和仪仗队伍，旁观者清，顶多为这是讨好吴国的"和亲"之举，是一桩稀有的婚事，有谁能参透勾践与范蠡的隐秘心思呢？

盛妆之后被搁置在华丽轿子里的西施，原本是苎萝乡一个卖柴人的穷家女儿，她素常去的最远处，或许就是到山下溪水清澈处浣过几次纱吧。这次盛妆之后的郑重远行，在外人看来无异于小鲤鱼跃龙门，她胸中无点墨也无城府，只会牢牢地记着勾践或范蠡在她动身前的那些嘱咐，而且认定这些嘱咐就是她此行的神圣使命。"美人计"里的美女，只能选幼稚天真者承当。钓钩上的香饵，何曾知晓自身肩负的深远使命。

到了夫差身边以后，西施姑娘慧丽温柔，又善解人意。"占得姑苏台上春"，夫差由衷地爱上了她，在太湖畔的砚石山下修了一座馆娃宫，让西施居住，"贯细珠以为帘幌，朝下以蔽景，夕卷以待月"，宫之长廊回环曲折，雕栏画栋，以珍木铺地，空虚其下，令西施漫步绕之，其脚步声琮琮琤琤，仙乐一样，比苎萝江的水声还要清脆可听。夫差也太会享受了，这馆娃宫有点像曹操那个铜雀台之前身。豆蔻年华的西施倘若不够纯情，或者纯情而不甚到位，夫差会对之如此滋爱珍惜吗？

公元前494年吴国大败越王勾践于夫椒，20年后，公元前473年，越王反败为胜，取得了"沼吴"的重大胜利。由此推测起来，夫差与西施的长夜春宵之乐不会短暂，也就是说，他二人的"恩爱之情"有一个渐进渐深的过程。越国最初教习西施之际（《越绝书》记载当年训练过拟献吴国的西施、郑旦，郑旦大约逊于西施而被淘汰），竭力灌输的，是教其如何施展爱的魅力（后人会目之为媚惑），如何以温柔掳其魂魄；而吴国，也属于美女如水之乡，西施倘无真爱，不比吴女在爱情上更高一筹，怎会占得姑苏"台上春"，而且又占得那么长久？

对敌方所晋之美，夫差是本能地怀有高度戒心的，假爱很难化作他心底的一丝微笑，反而会导致西施失却立锥之地，这是一目了然的。西施纯然是无心计而有真情、唯至诚而无二心，这才以一个美丽少女的温柔化解了夫差心底的戒意。"吴宫花草埋幽径"，这才是爱的秘密，历史的本相。

待夫差身丧国灭之日，曾对夫差许身有年的西施理所当然的是属女俘。越方商议着对这个女俘怎么处置时，吴宫血流成河，天空硝烟未散，当时当地，有谁能站出来指出这个"女俘"对"沼吴"立有特殊的功勋呢？即就是上将军范蠡挺身而出，他能说得清楚吗？就算是说清楚了，多疑多忌的勾践能相信吗？退回一万步忖度：就算是范蠡和西施早先在苎萝山下就私相爱慕，默订终身，在完成了"沼吴"的政治任务后，西施才又重新回归到了原本的爱情（文人们全是这样撮合的）；而她长期与夫差的爱情全是假的，尽乃演戏。倘真是这样，这个西施不是也太"老练"、太"世故"、太"特务"了吗？这与西施应具的美女形象简直大相径庭，不伦不类。

因此，越国对于西施这个当年献出的艳丽的"重礼"、今朝抓获的神色茫然的女俘，只有沉江！此一时也，彼一时也，这符合墨子最初所说的"西施之沉，其美也"，美的核心，这里表面是犯在对爱情的执著与忠贞上，但对西施而言，实质上是她本能地在爱情与政治间谍之间划出了一条严格的界限。西施被沉的结局，也间接地暗相吻合"闺中知己"曹雪芹两千多年后一首诗里的本旨："一代倾城逐浪花，吴宫空自忆儿家。效颦莫笑东村女，头白溪边尚浣纱。"美女短命兮丑女寿永，西子之沉也正因其美。夏桀时的妹嬉，商纣时的妲己，周幽时的褒姒，明皇时的杨妃……数千年来，美之短暂性早已画出了一条明晰的历史迹线。杨慎后来所解释的沉西施"以报子胥之忠"，因为子胥死后被盛以鸱夷，而范蠡后来隐没时又别号为"鸱夷子皮"，这与西施有什么关系？则是难解的另一桩谜案。至于什么西子泛舟于五湖烟波里的奇妙猜想，森森茫茫，望风捕影，太玄乎了。曹雪芹曾经写下了一部《红楼梦》，别的文人们仿佛在杜撰一场烟波梦。

事过千载，霸业已空，吴越恩怨，苍茫无踪。而浙江杭州的西湖忽而能赢得"西子湖"这美称，正是源于苏东坡的一笔创意："水光潋滟晴方好，山色空蒙雨亦奇。欲把西湖比西子，淡妆浓抹总相宜。"斯世之美，在天为长虹，入水成皎月，它是永远也不会沉没的，即使人为地沉之于大江，它也要化作家园近处的明山秀水再现于天地之间。"静影沉璧"是范仲淹《岳阳楼记》里的词句，西施正月影似的一直驻留在清澈的水中，像一块晶莹的玉璧，像闪烁青春的眸子，注视着人间，千秋不泯。

# 六骏踪迹

□ 杨闻宇

折戟沉沙铁未销

自将磨洗认前朝

——杜牧

　　秦皇汉武，唐宗宋祖，天国之君常常是厉害的。在帝王的序列里，他们是最亮的星辰。

　　公元六世纪末，延宕千余岁的封建制度在中国孕育成熟。天赐盛世，降其英才，是李世民这位具有"龙凤之姿"的人物将空前繁荣的"黄金时代"推向了富丽堂皇的最高潮。

怀着敬慕的心情，我们来到了浑厚坦荡的渭北高原。朝北眺望，青峦环护之中，有一峰孤耸回绝，昂然崛起，泔水流其前，泾水绕其后，山脉水系命意不俗，这便是李世民狩猎时为自己择定的墓地：昭陵。"因山为陵"，方圆30万亩，形成东方最大的王者陵寝。1300多年的风风雨雨掠了过去，仿佛海潮退跌了似的，眼下是斜阳带雁，夕霞如焚，碑残石裂，繁华消歇，只剩下默仰晴空的九嵕山峰峦了。登峰纵目，眼前一亮，我忽然惊异南畔还以扇面形势残留着零零落落的陪葬的功臣坟墓（传说185座）。臣墓矮伏而王陵巍然，尊卑有位，错落分布，仿佛臣僚们仍然罗拜在唐王膝下。

草创天下，戎马倥偬，李世民与将佐臣僚们出生入死，戮力共进；下世以后，依然是荣辱与共，不昧初衷。"义深舟楫"的珍重情谊能在一代君臣之间一以贯之，这在漫长、黑暗、以背叛滥杀为常规的封建史上是难能可贵的一页。望着眼前依然保持着仪卫之制的一片墓陵，我正为"庶敦追远之义，以申罔极之怀"的君臣之交暗自叹息，陪游的友人忽然说道："唐王寝宫旁以前镌立过六匹战马的青石浮雕，这就是驰名中外的'昭陵六骏'。"

和平岁月里，马在坦荡田野上是勤奋的化身；跃进战争的烟尘，它则纯然是勇士的形象。"唐家创业扫群雄，马上得之为太宗"，"昭陵六骏"仿佛是隋朝末年黄河流域一连串决定性战役的真实投影，是四方豪俊叱咤啸进中形成的另一幅风云画图。

　　唐军初取关中，薛仁杲父子迅速进据陇右，觊觎长安。初战，唐军失利。618年冬，双方重新结阵。李世民避其锐气，两月不出，直待其粮草殆尽而狂躁如狼时，才以少许兵卒诱之于浅水原，亲率劲旅从后突袭，薛军崩溃，四散如流。李世民不容这些陇外骁悍之徒作丝毫喘息，不听舅父窦轨的阻拦，催动四蹄蘸雪的"白蹄乌"，衔尾进击，穷追三百余里。石刻"白蹄乌"怒目腾空，鬃鬣迎风，空旷的黄土高原上仿佛闪烁着四蹄交递所拉开的一道道雪练，蹄击大地，响动着雨点似的鼓声。李世民题赠的赞语是："倚天长剑，追风骏足，耸辔平陇，回鞍定蜀。"

　　趁着西线有战争，晋南的刘武周迫胁关中。李世民挥戈东进，趋龙门，渡黄河，在鼠雀谷与刘军连打八场硬仗，脍炙人口的秦琼、敬德大战美良川的故事，就发生在这里。李世民二日不食，三日不解甲，跨着黄里沁白的"特勤骠"，杀得刘军失魂落魄，向北逃窜。

　　李世民清楚，河南、河北的王世充、窦建德才是最狠最辣的两大敌手。621年，与王世充会战北邙山。彼此刚刚列阵对峙，一道紫色的闪电掣动数十精骑直透敌营，王世充愣怔过来，才发觉一匹纯紫色的马背上伏的正是李世民。满营惊骇，戈矛四合，慌忙围追堵截。李世民神威抖擞，挥刃酣战，坐骑突然中箭，哀嘶晃摇，危急万状；大将军丘行恭飞骑冲阵，把自己的坐骑让给李世民，他一手挽住紫马，一手挥刃和李世民一起巨跃大呼，砍开一条血路，突阵而出。这紫马就是"飒露紫"，李世民赞它是"紫燕超跃，骨腾神骏，气詟三川，威凌八阵"。六骏雕刻里唯附一人，仿丘行恭拔箭状，颤抖的紫马以头相偎，湿眸沉沉。箭镞拔出，马也就"噗"地跌倒在尘埃之中。

鏖兵八个月，王世充不支，窦建德忙率十万大军奔赴救援。李世民临机转戈，围洛打援，派骁将抢占虎牢关，生擒了窦建德。王世充无望，只好投降。一战而克二敌，胜则胜矣，不幸又倒下"青骓""什伐赤"两匹坐骑。"青骓"是前体一箭后体四箭，"什伐赤"是臀插五箭，马往前突，迎飞的利镞斜扎体后，显示着马驰的神速与争斗的惨烈。

末后对窦建德之故将刘黑闼的战事，使李世民十分棘手。这次战争中丧失了黄皮黑嘴、身布连环旋毛的"拳毛騧"，一马身带九箭，其筋力的坚韧不言自明。"月精按辔，天马行空，孤矢载戢，氛埃廓清"。李世民盛赞骏马以它的生命集拢住飞蝗式的箭镞，天地间自然就清平了，安宁了。

马的力气在所有动物中属于上乘。一进入血火并作的厮杀氛围，一听到诸般兵器铿锵搏击的金属声响，它立即化成了慷慨以赴的英物，熔龙虎雄姿、壮夫意气于一躯，不桀骜，不凶悍，不声张，所有动作同时凝成了勇敢与豪迈、狂野与轻捷，以敏锐、准确的纵跃起伏执行着主人萌动在心里的每一闪念，每一企图。此时此景，让人想到暴风雨里翻飞于汪洋巨浪间的翩然海燕，想到纵舒于万仞陡崖间的自由阔大的瀑布……古代战争里倘是没有最富于创造性的、最擅长默契的骏马，一切孔武剽悍的魂魄和膂力将无所凭依，无从施展，那该是多么笨拙、多么枯燥无聊的一种战争。

李世民是当之无愧的一代天骄。马背上唯有驮起了他，也才是鲜花着锦，相映生色，无上的俊逸。六骏马彼此递进着将李世民送上了帝王交椅，它们也很自然地化作了古朴雄浑的浮雕，以各自的神态被供奉于昭陵，与主人共享尊荣，同受儿孙辈的香火。

好马逢英主，这才真正是良骥遇伯乐。历史上有过那么多重大的朝代更迭，其间夹杂着多少霜浓马滑、策马破阵、马革裹尸的生动场面呢？唯有李世民，自战争中提炼出了六匹神骏，镌于昭陵，拟传千古。明主襟怀如镜，眼角含情，由此可见一斑。浮雕多矣，这不是寻常的浮雕！"森然风云姿，飒爽毛骨开"，即使负伤带箭，仍然是通体洋溢着从万里阵云里提摄出来的向着盛唐迈进的皇皇气象。战争先行，艺术后进，善于将气冲斗牛的征战之风化作继往开来的精神意象，这只有当时的大画家阎立本才堪胜任。那样个时代，必然有那样的骏马，也势必出现那样的艺术家，也才足以与慎终追远、不弃本基的王者风范和谐统一。

文武重臣六骏骑，魂兮魄兮长相依——作为王朝创业史上别开生面的一笔，李世民这个美丽的心愿能保持多久呢？下世前，这个聪明过人的帝王便似乎察觉出了什么：贞观十年下诏建造石宫时，特别指明日后的殉葬品不需金珠宝玉，仅以陶人木棺为之，此等明器"不为世用"，可使"奸盗息心"。可他无论如何也料想不到，石雕六骏在漫长的岁月里会渐渐升级为艺术品，而且是足以压倒金珠宝玉的稀世罕有的艺术品。既为珍品，奸盗必窥。1914年，"飒露紫""拳毛騧"被洋人窃去（今存费城宾夕法尼亚大学博物馆）；又隔四年，其余四碑也被破成数块，窃运至西安附近，好在被老百姓拦截住了（现存陕西博物馆）。如今的昭陵，你只能看到宋代的一尊"昭陵六骏碑"，碑体略矮于人，素画青底，以线刻刀法缩小了六骏的形象。"擒充戮窦西复东，飞镞溅血鬃毛红"，手抚凉凉的碑刻，益发让人生慨。

也许是不甘心吧，下了昭陵，我又去寻访茂陵南坡下的一眼"马刨泉"。二十多年前，那儿泉水汩汩，清流依依，传说那是黄巢与唐军角逐时，喉咙渴得冒火，可附近却无井无水，胯下的战马忽然直立咆哮，前蹄扣下时就地乱刨，所刨处遂涌出一眼清泉。重寻故泉，什么也没有了，一位整菜畦的老农对我说："垫了，早就垫了。"关中土语，"垫"就是埋得不露痕迹的意思。旁边的公路上是来去生风的小轿车，老农哂笑我："你这人也怪，现在啥年月了，连马也不多啦，你还寻什么'马刨泉'哩。"

是噢是噢！马的时代是过去了，"足轻电影，神发天机"，它是无可挽留地过去了。毛主席当年创天下，整天还骑马哩——自马上得了天下，得天下之人也骑着马似的很快就过去了。无论多么轰轰烈烈的时代，无论什么品种的天赐神骏，联辔齐步，不能不迅速地走过去。在历史的屏幕上，巨人们是一

六骏踪迹

121

个接一个地走过去，而马，是成群结队地奔过去，是排山倒海地压过去。今岁恰是"马"年，到了下一个马年，尘世间还能看到几匹真马、活马呢？！

西欧一位史学家说得好：考察中国封建社会的历史，不进潼关算没入门，不到昭陵不算登堂入室。现在的昭陵呢？"众山忽破碎，突兀一峰青"，就连那石雕们也是"秋风石动昭陵马"了——六骏那翻动的二十四蹄似乎组成了不以任何人意志为转移的历史车轮，生生驮走了一个个辉煌的、壮丽的时代。

在这块岑寂冷落的土地上，眼前是麦浪一层层地起伏着，后浪推前浪，渐渐地远了，远了，低下去了……

# 怀疑荆轲

□ 朱　鸿

　　要我指出荆轲的失误与缺陷是容易的，可要我指出他不是一个完全而彻底的壮士，指出他之所以没有干掉秦嬴政是由于他贪生，或是由于他还不想死，指出他不是一个真正的英雄，并否定他的价值取向，我却感到障碍重重。

　　荆轲谋杀秦王的大举，荆轲临终所表现的从容与镇定，早就固定在中国人的印象之中了，动摇它，摧毁它，不但费力，而且碰壁。中国人是非常喜欢荆轲的，并对他怀有深沉的敬意，这有无以计数的文学艺术作品可以证明，包括陶渊明先生的诗。

　　荆轲属于那种流芳百世的人，他的故事到处传颂，并将继续传颂。

怀疑这样一个享有盛誉的人，还要到幽暗的历史之中调查他，并借助一些高新观念分析他隐秘的心理，甚至得出损害荆轲的结果，确实有一点冒天下之大不韪。但我却将执意进行自己的工作，我不会由于社会的成见与谬论便置求索于不顾。

我不敢狂妄地认为自己发现的将一定是真理，我只是认为真理不会像玫瑰一样伸手可摘，因为在我看起来，真理往往混迹于成见之中，藏身在谬论之后，需要上天入地发现它。

在我看起来，真理是高于感情的。我以为，一个人或一个民族的精神要不断升华，不断高贵，就必须有使真理超越感情的勇气。

荆轲这个人，我小时候就知道，并迷恋他。

在过去的农村，是没有什么可装潢房子的，无非是贴一些彩色的年画而已。不过有了它，也就有了喜庆，甚至有了文化。我家的年画并不怎么艳丽，它只是贴在墙上的一个系列条幅，然而它再三突出的一个人，能够紧紧吸引我。当我静静躺在床上胡思乱想的时候，眼睛总是盯着他，并会久久驻留在他身上。他盘着古怪的发髻，他所穿的斜襟褂子显然有一点丑陋。可他却极其勇敢，他握着匕首逼向一个十分威严的人。我一个人待在房子感到揪心，也感到提神，我觉得有一种紧张的气氛似乎要从墙上喷射出来，弥漫在房子，几乎要淹没了我。

大约是祖父告诉我，他是荆轲，故事为荆轲刺秦王。

我很不习惯荆轲的名字，小时候一直不习惯。我觉得它像他的发髻一样古怪，甚至觉得荆轲就不是人的名字。它倒是像一辆纺车，一件收割小麦的工具。但他的名字却终于刻在我的脑子，我想到荆轲，便看见他握着匕首的样子。

读了司马迁的文章，荆轲破云而出，有了丰满的血肉。我钦佩他，尊他为壮士。在我风华烁烁的青春季节，我理想的天空，曾经云霞似的飘动着朵朵榜样，荆轲便是我所爱的数一数二的古典英雄。

我以为，荆轲把人所有的潇洒淋漓尽致地发挥出来了，我十分羡慕这个人。我甚至在某个危险的岁月呼唤中国出现新的荆轲，并想象着我就是荆轲，想象着我在一个风高月黑的夜晚悄悄潜入了秦国，计划着要为正义而献身。

不过恰恰是我在想象之中做了荆轲的时候，发现了荆轲的破绽。破绽渐渐扩大，并导致我改变了对他的态度。

在我看起来，荆轲是那种自负的人。读了一定的书，喜欢剑术，有怀才不遇之感。荆轲所在的时代，是一个由天下混战到天下统一的时代，户籍的管理很是松懈，人可以自由走动。荆轲就是四处走动的：他出生于齐国，之后迁居卫国，由于卫国冷落了他，又迁居燕国。

荆轲显然是在寻找发展的机会，希望有人提携和任用。不过他内敛，他的具体想法一直像烟雾一样是朦胧的。我不知道谁能看出来荆轲到底要做什么，反正我没有看出来。但我却能清楚地感到他郁郁寡欢，意志消沉。

他走动多年的主要收获是结交了一些社会名流。燕国的田光，德高望重，似乎很是赏识荆轲。

荆轲羁旅燕国的时候，燕国出现了很大的危机，它当然是由秦国引起的。秦国是要统一天下的，遂在消灭韩国之后，转身把矛头对准了赵国。燕国与赵国毗邻，于是秦国在赵国即将燃起的战火就使燕国一片惊慌。

有意思的是，燕太子丹比燕王喜似乎还要焦虑。更有意思的是，燕太子丹在焦虑之中策划着一个异奇的方案，便是打算派壮士到秦国去劫持秦王，逼他归还列国的领土，或干掉他，并乘秦王之死所引起的内乱之机打败秦国。

燕太子丹策划的方案，多少是受了曹沫的启示。曹沫是鲁国的将军，曾经在鲁庄公与齐桓公会晤之际，以匕首劫持齐桓公，从而收复了鲁国的领土。也许曹沫的成功，激发了燕太子丹的灵感，他要寻找自己的曹沫，并实施其谋杀计划。

燕太子丹小时候在赵国当人质，秦嬴政由于其父亲也在赵国当人质，便出生于赵国，并长于斯，游于斯。于是燕太子丹与秦嬴政就都是身处异邦，同病相怜，成为伙伴。

几年之后，秦嬴政随父亲回归秦国。父亲做了秦王，他遂为秦太子。父亲逝世，他便即秦王之位。但燕太子丹却继续做人质，其变化仅仅是，他从在赵国做人质变化为在秦国做人质了。燕太子丹天真地认为，由于他和秦嬴政曾经在一起玩耍，是伙伴，秦嬴政便是会照顾他的，而且他希望得到照顾。

不过事实是，秦王不但没有照顾他，反而对他不友好。这使燕太子丹感到极其屈辱，便提出要返燕国。秦王还客气，倒是同意了燕太子丹的要求，只是有一个条件，秦王说：乌白头，马长角，天雨粟，你就可以返燕国了。

燕太子丹觉得秦王欺人太甚，十分愤怒，遂在夜色之中潜入燕国。

容易得出的结论是，燕太子丹之所以要制定谋杀方案，是由于他怨恨秦王，并要以干掉秦王的措施保卫燕国。不过我以为，这仅仅属于表面现象。在我看起来，谋杀方案之源，在于燕太子丹对秦王怀有一种入骨入髓的恐惧。燕太子丹偷偷离开秦国，显然大大冒犯了秦王的尊严。他很清楚，以秦王的褊狭和暴戾，秦国吞并燕国之后，秦王将注定会用非常的手段报复他。

依常规，秦国占领了燕国，燕太子丹作为燕王的接班人，当然是要分摊一些亡国之难的，也会感到悲哀。不过由于他和秦王有过一场心理之战，由于他不堪忍受秦王的冷遇和凌辱，擅自去秦而回，由于他尖锐地悖逆了秦王的意志，他感觉，在秦国占领了燕国之后，他将不但会陷入亡国之难，他会悲哀，而且他将面临一场秦王对他的严酷惩罚。

燕太子丹对秦王的恐惧，实际上已经超出了一个燕王接班人对丧失燕国的恐惧，也超出了燕国任何一个人对秦国的恐惧。在我看起来，燕太子丹是极力要摆脱这种恐惧的，因为恐惧使他不得安生。遗憾的是，他难以克服自己的这种恐惧，恐惧仿佛滴在了他的血液之中，于是他就构想了一个谋杀的方案以克服之。

按照燕太子丹的策划，最好的结局是劫持秦王，从而使秦国归还它过去吞并的列国的领土，最坏的状态是干掉秦王。秦王之死，当然不是秦国之死，但秦王之死却能消除燕太子丹对秦王的恐惧。倘若秦王之死能引起秦国内乱，并乘其内乱之机，燕国联合列国打败秦国，那么最坏的状态就会反弹为最好的结局了。

燕太子丹的构想显然充满了个人情绪，并带着浪漫色彩。他沉溺于自己的梦幻，又激动，又紧张，难以自拔。

燕太子丹的方案，显然属于绝密一级的事情，他只是向自己的先生鞠武作了通报。他把谋杀计划告诉给鞠武，无非是要鞠武给他介绍一个行动人。也许鞠武知道燕太子丹的性格，遂多少发表了一些能够启示燕太子丹的意见之后，勉强认同了他的构想，随之介绍了田光。

不清楚为什么要让田光做谋杀的行动人，我想，可能是田光曾经有过谋杀的经历吧。总之，田光拜见了燕太子丹，但他却认为自己衰老，害怕自己不能完成任务，遂介绍了荆轲。

遵田光之嘱，荆轲来到燕太子丹的府第。燕太子丹看到的荆轲，是一个相貌堂堂的人，30岁左右，文雅而审慎。燕太子丹说：燕国能有你荆轲这样的人，是天怜悯燕国了。随之把谋杀计划告诉给荆轲，并请求他完成。燕太子丹的方案惊心动魄，荆轲久久沉默，之后表示：事情重大，不能胜任。

荆轲的推辞，显然是他认为到秦国去谋杀秦王非常困难，他不敢随便接受，以防耽误燕太子丹的构想。不过他的推辞，也有这样一种可能，荆轲觉得燕太子丹的谋杀计划完全是荒诞的，只是他不好指出其荒诞，遂以不能胜任为理由，从而摆脱之。荆轲的推辞，当然还有这样一种可能，尽管他认为谋杀秦王很是困难，可它却仍不失为一个方案，惟奇异了一点，而且做起来并非将一定就会失败。他委婉地拒绝燕太子丹，很可能是在待价而沽，不然怎么体现自己的意义呢？

荆轲的推辞，使燕太子丹感到意外，但他却不失望，因为荆轲知道了他的计划，荆轲便有了为之保守秘密的责任，甚至荆轲知道了他的计划，就是被他圈套进来了或被他裹挟进来了。如果荆轲要跑出去，那么荆轲便成了一个泄密的管道。燕太子丹显然是不会让荆轲带着他的计划跑出去的，甚至他为了堵塞泄密的管道，是会要了荆轲的性命的。

何况田光在举荐了荆轲之后便自刎了。田光以死封闭了自己的嘴，从而避免了燕太子丹的怀疑。

田光之死，多少对荆轲造成了压力，这是燕太子丹能够感到的。他发现，尽管荆轲表示自己不能胜任，但荆轲却没有完全拒绝。他发现荆轲实际上处于一种斟酌之中。

总之，燕太子丹是不准备放荆轲走了。他似乎已经下了决心，一定要荆轲成为谋杀的行动人。

荆轲忽然看到堂堂燕王接班人跪在他的脚下，向他磕头，盼他千万不要辜负燕国之重托，还承诺给他提供种种应有尽有的享受。

如果一个人对你寄予了最重要的希望，并以最诚恳最迫切的态度请求你，可你却拒绝了他，他会怎样呢？他会沮丧，怨恨，恼羞成怒，甚至会杀了你，何况请求你的人不是普通的人，是燕太子丹。荆轲一下觉得自己是不能推辞了，推辞将会遇到麻烦。他觉得自己要明智地进行选择，必须接受燕太子丹的请求。

我以为，完成一项难度很大的谋杀任务，除了要求行动人一定要有机智和冷静的素质之外，还要求行动人有果敢与残酷的素质。然而以我的分析，我觉得荆轲是一个多情善感的人，有一点仁弱。

有三件事情，使我感到他性格的迷离。

一件事情是他对盖聂轻蔑和挑衅的反应。荆轲有一年在榆次碰到一位剑术高强的人盖聂，遂登门请教。荆轲还没有开口，盖聂便把一双威胁和拒绝的眼睛摆给了他，显然是要用目光赶他走。此时此刻，荆轲竟闭着嘴，默然而去。荆轲之举，可能是鄙薄盖聂的粗陋，认为不屑较量，较量将玷污自己，也可能是怯于盖聂的骄横与凶悍，需要回避其锋芒，以免伤害了自己，也有可能是他对盖聂这家伙既嫌恶又畏惧，他以自己的嫌恶掩饰了自己的畏惧，从而巧妙地维护了自己的尊严。总之，他默然而去。

一件事情是他对鲁句践非礼所表现的态度。博戏是类似于象棋的一种智力竞赛，荆轲和鲁句践在邯郸博戏的时候，为争道得罪了鲁句践，鲁句践居然翻脸大骂荆轲。叱咤之下，引来很多人，他们以为马上将会有一场激烈的械斗。实际上没有出现任何热闹，因为荆轲悄然起身，一声不吭地离开了。

一件事情是他的高歌和痛哭。在燕国，荆轲结识了高渐离。尽管高渐离是一个杀狗的，但他却懂音乐，善击筑，高渐离击筑而出的曲调往往回肠荡气。荆轲和高渐离遂为知己，他们经常做的事情是，在燕国蓟城的酒肆且饮且唱。当然是高渐离击筑，荆轲高歌。到了伤心之处，荆轲总是痛哭不已，泪流满面。

在我看起来，一个执行谋杀计划的人，如果他的性格有仁弱和多情善感的特点，那么他将难以保证自己在谋杀的关键一刻不犹豫，不游移，他也将难以抵抗生的吸引和死的排斥，从而影响他充分发挥自己的能量。

也许荆轲需要一个适宜其性格的工程让他完成，以焕发青春，为社会有所贡献，但命运却摊派给他一个谋杀秦王的工程。命运有自己的安排，荆轲无可奈何。

谁都在命运的把握之中：聪明绝顶也好，权势显赫也好，明哲保身也好，其统统摆脱不了命运的控制。我为庸碌之辈，当然也处于命运的指拨之下。

荆轲是壮士，以剑术自负，可他却依然没有冲破命运的笼罩。我的意思是，中国人一直所赞美的荆轲，实际上是承担了一项他不十分情愿完成的任务。

荆轲做谋杀的准备工作，竟做了近乎两年。在这两年之中，他一直是迟疑的，彷徨的，似乎没有进入一种临阵的焕发状态和振奋状态，甚至没有必需的热身运动。

燕太子丹倒是很好地兑现了自己答应给荆轲的一切，确实是尽其所能地满足着荆轲的需要。他这样做，目的在于希望荆轲能早日赴秦国完成任务。然而荆轲一直未出发，甚至过去了近乎两年，荆轲仍不出发，这使燕太子丹难免不满。

虎狼一般的秦国，按其既定步骤征讨着。在占领了赵国之后，秦国便陈兵于燕国边境。进攻燕国，似乎箭在弦上。形势逼人，燕太子丹觉得要催促荆轲行动了。

一天早晨，他径直跑进荆轲的住宅，显然不满地提醒荆轲说：似乎应该出发了吧！荆轲说：像这样空着手到秦国去行吗？这样是不行的。荆轲强调：到秦国去一定要带上礼物，以取得秦王的信任，否则便无法接近秦王。

荆轲要送秦王的礼物仅仅两件，不过它们大有其价值，甚至是秦王梦寐以求的。他要带上樊於期的首级。樊於期是一位秦将，非常善战，但一些谗言却挑拨了他与秦王的关系，秦王竟要收拾他。他觉得冤枉，便逃到了燕国，希望燕国给他以庇护，随之成为燕太子丹的朋友。秦王气急败坏，悬赏黄金百斤和封邑万户要樊於期的首级。于是荆轲就给燕太子丹通报了一声，向樊於期作了暗示。樊於期深明大义，自刎而死，贡献了他的头颅。荆轲认为，樊於期的首级将会减少和消除秦王的疑虑与戒备。荆轲还要带上督亢地图。督亢是燕国的富饶之地，秦王早就对这一带垂涎欲滴了。荆轲认为，只要让秦王知道燕国是愿意割让督亢的，秦王将一定会很是高兴。

依荆轲的设计，匕首将藏在督亢地图之中，当他给秦王展示地图以介绍督亢之美的时候，匕首便会随地图的打开而露出来。荆轲注意着谋杀的关键一刻，他当然是要紧紧盯着匕首的。匕首一闪，他就会抓住它刺向秦王。那是赵国徐夫人的一把匕首，燕太子丹花了很多钱才买了过来，其锋利至极，以药淬之，经过试验，只要它触及体肤，人无不立即呜呼哀哉的。

我曾经指出，荆轲在接受燕太子丹的请求之后，有两年左右的时间一直处于彷徨和迟疑的状态。不过，荆轲并未由于自己有消极的情绪就不考虑自己要做的工作。事实是，他也在琢磨着自己应该怎样完成任务，而且他还是善于发现要害的。从他要送秦王的礼物看，从他地图穷而匕首现的设计看，他确实是经过了缜密的分析，是一个思维严谨的人。他显然认真挖掘了秦王的心理，并注意到了谋杀过程的种种细节。

我的问题是，既然准备什么礼物是荆轲胸有成竹的，而且准备起来并不难，但他却竟拖延了近乎两年，这是为什么？我的又一个问题是，礼物一旦齐全，他就应该出发，但他却牵肠挂肚，仍滞留在自己的住宅，这又是为什么？唯一的原因当然是在荆轲，我以为，荆轲并没有下定决心要到秦国去干掉秦王，因为这是一件必须牺牲自己的工作。

当燕太子丹提醒荆轲应该出发了的时候，荆轲认为空着手不行，不过在礼物置办妥当之后，荆轲仍不出发，这便使燕太子丹警觉起来，他非常害怕荆轲反悔。

一天早晨，他吊着脸对荆轲说：那么我就让秦舞阳作为先遣出发了！燕太子丹拿秦舞阳逼荆轲，使荆轲极其反感。但他却压抑了恼火，向燕太子丹解释说：我无非是在等待一个朋友而已，我要他当我的助手。

燕太子丹与荆轲所建立的合作关系，显然变得微妙了，甚至变得脆弱起来。也许有一点碰撞，便会破裂。

荆轲突然改变了主意，他告诉燕太子丹：那么我立即出发，不等待朋友了？

燕太子丹的眼睛一下像蜜糖似的甘甜而柔和，他还亲热地拍了拍荆轲的肩膀，随之吩咐秦舞阳向荆轲报到，而且一切服从荆轲的指挥。

荆轲答应立即出发，固然是好的，问题是，荆轲有一点委屈，甚至使他产生了受到强迫的感觉。可惜燕太子丹忽略了荆轲这种微妙的心理变化。

生命会有一种巅峰体验，但巅峰体验却只能在征服过程出现，唯有人类的杰出分子才敢于征服。那些平庸之徒是不会有巅峰体验的，因为他们总是退避三舍，不敢交锋。

荆轲的巅峰体验应该是在谋杀秦王之际产生的，那是他短暂一生之中的唯一一次征服，遗憾他没有把这个巅峰体验推到极致。

荆轲和秦舞阳在秦国贿赂了秦王的中庶子，得以拜见秦王。秦王为燕国使者带来的樊於期的首级和督亢地图而大喜，遂安排在咸阳宫接见使者。

不料刚刚进入咸阳宫，就出现了麻烦。由于13岁的秦舞阳浑身颤抖，引起了文武百官的怀疑，荆轲意识到行动的困难增加了。他瞥了一下秦舞阳，觉得这个失态的家伙真是没有出息，但他却必须掩饰。他笑着解释：秦舞阳是鄙陋之徒，没有朝拜过天子，所以很是紧张。荆轲的解释当然不无道理，可秦王却已经厌恶了秦舞阳，遂禁止他到殿上去。

只剩下荆轲了，这显然是降低了胜利的可能。不过荆轲无可奈何，他所能做的，便是保持镇定，坚持到底。我想，也许是秦王兴奋得昏了头吧，他竟没有盘诘一下荆轲，就得意洋洋地吩咐荆轲赶快把督亢地图拿到殿上。

荆轲遂在文武百官严密而挑剔的注视之下，走向殿上，并把地图呈给秦王。人有血勇和脉勇，还有骨勇，但荆轲却是神勇，难怪当他走向殿上的时候，眼睛不向两边看，面不改色，心不跳。

当着秦王的面，荆轲打开了地图，于是督亢的河流和原野就渐渐出现了。随着地图的拉长，督亢的河流在延伸，原野在辽阔。荆轲一边介绍着督亢的肥沃，一边观察着秦王的神情。不过最最重要的，是他必须注意藏在地图里面的匕首。

他发现秦王的目光贪婪得像一只猫闻到了肉香，对督亢馋极了。他发现秦王显然放松了所有的警惕，惟望着燕国的领土。但荆轲却聚精会神。荆轲紧紧地，紧紧地注意着地图的展示。他看到地图就要一圈一圈全部打开了，他马上将看到地图的边缘。他睁大眼睛，看到匕首露了出来，遂一把抓住匕首。

可他却没有用匕首直接捅向秦王，竟没有捅。如果他伸出胳膊，用匕首捅向秦王，只要匕首的锋芒触及体肤，那么秦王就会中毒而死。然而他没有，他手软了，没有捅。

在荆轲抓住匕首的时候，他还揪住了秦王的袖子。这两个连续动作，是在一瞬之间进行的，有闪电一般的速度。

突如其来的谋杀，确实让秦王惊诧，他本能地防卫着。他仗着青春之躯，猛兽似地挣脱了荆轲。他以猴子一般的敏捷，飞跃而去。他躲闪，回避，绕铜柱旋转，终于拉开了他与荆轲的距离。荆轲遂失去了最有可能最有把握干掉秦王的机会，尽管他仍在追捕秦王，但他却很快便要处于劣势了。

在文武百官慌乱的疾呼之中，在侍医和舞姬的帮助之下，秦王把他的剑从胸前推到了背后，于是他就可以拉开架势抽出他的剑了。

历史猝然之间凝固了，我看到世世代代的中国人在此时此刻都紧张地望着秦王的剑。秦王疯狂起来，他向后一挥手，便是一个弧线，他抓住了剑。他再向前一挥手，便又是一个弧线，他举起了一片寒光。他吼着，叫着，把寒光掷到荆轲身上。荆轲躲闪不及，寒光落而左股断。

荆轲并没有死，他还握着匕首。他知道自己已经失去了劫持秦王的机会，也几乎要失去干掉秦王的机会了，他一急，遂瞄准秦王，把匕首扔了过去。他鼓足了劲，他多么希望匕首能投中秦王，能干掉他。他瞪着眼睛望着匕首，他看到匕首在咸阳宫漂亮地飞旋着，可它却碰在了一根铜柱上。秦王及其文武百官都听见尖锐的金属之声，我也听见了，因为它一直沿着历史跋涉的方向尖锐地响着。

秦王砍掉了荆轲的腿，不料荆轲竟仍向他扔了匕首，而且其劲这样狠，遂红了眼睛，大剁之。不过荆轲依然活着，他依铜柱而笑，坐地而骂。

荆轲临终之前告诉秦王：事情之所以不成，是因为我想抓你一个活的，要你一个归还列国领土的契约以报答太子。

荆轲所言，尽管有为自己开脱之嫌，但我却还是相信的，它既表明了他谋杀的思路，又辩白了他失败的理由。不过还有一个更隐蔽的动机和一个更深邃的原因，荆轲没有透露。我并不认为荆轲有所藏匿就是在欺骗秦王，并通过欺骗秦王而欺骗人类。我以为，荆轲实际上并不知道或并不觉察他还有更隐蔽的动机和更深邃的原因。

在我看起来，荆轲对秦王所说的话，是一条通向他的意识的重要线索，我将沿着它侦探下去。荆轲是没有得罪我的，我不会恶待他。但我的分析却是不会留什么情面的，因为这是研究人性所必须具备的态度。

事情不成的最深邃的原因与最隐蔽的动机应该埋伏于荆轲的本能之中，这便是，他是贪生的，他还不想死。

在咸阳宫这种森严的地方谋杀它的主人而且仍希望保全性命，显然是不可能的。倘若还有一点可能，那么，便是生擒秦王，制服他，把自己的意志强加给他。

于是荆轲刚刚抓住匕首，就产生了这样一个反应，他感到秦王并不神威，他觉得秦王并不是不怕死，他断定只要用匕首逼着秦王的眼睛，他提出的任何条件秦王都是会同意的。如果

怀疑荆轲

是这样一种结果，那么确实好极了，他既报答了燕太子丹，又避免了牺牲自己。

由于从本能之中发出的保全性命的信息干扰了荆轲，荆轲遂没有利索地干掉秦王，没有在已经接近秦王之际用匕首捅他一下，或割他一下，划他一下，点他一下。荆轲很清楚，只要匕首触及了秦王，他将非死不可。问题是荆轲没有捅他一下，因为他知道，秦王死了，自己也会死的。

痛心的是，荆轲一个闪失，秦王便挣脱了他，转身以剑砍了荆轲。

到秦国去谋杀秦王，当然是非常危险的。如果荆轲缺乏一种献身精神，那么我想，他是不会到秦国去的，甚至他就不会向燕太子丹作出承诺，就不会离开燕国，也将从半途流亡别处。

但荆轲却缺乏完全而彻底的献身精神，他没有超越生对他的吸引，也没有超越他对死的排斥。

荆轲是产生了巅峰体验的，然而由于境界的局限，他终于未能将自己的巅峰体验推到极致，这是很遗憾的。

我曾经问自己：我是不是过分地要求荆轲了？是不是在刁难中国人的壮士？是不是我的思维在行进过程滑入了诡辩的沼泽。我以为不是的。我相信自己是在认真地探索人性从此岸到彼岸的深广程度，探索自觉性工作和制约性工作对一个人的能量发挥的影响，探索人置自己的性命于不顾的支撑。

我是反对使用暴力的，当然也反对以自杀性暴力方式而毁灭敌手。但这个世界却并不会由于我的反对以减少暴力，或减少以自杀性暴力方式打击敌手。事实是，以自杀性暴力方式打击敌手的事件，在这个世界频频发生，而且常常成功。

能够以自杀性暴力方式打击敌手的人，多是民族主义极端分子，狂热的宗教分子。尽管这些人采取的方式是恐怖的，他们要达到的目的不一定是合理的，甚至是卑下的，不过，他们为了实现自己的目的，显然都有一种完全而彻底的献身精神。

一个人唯有为了信仰，为了自由，为了尊严，为了爱，或为了民族之深仇和国家之大恨，其献身精神才会激发起来。一个人一旦调动了他的完全而彻底的献身精神，就会抛头颅，洒热血，创造奇迹。

在我看起来，荆轲没有任何一个可以使他舍身的理由。他谋杀秦王，仅仅是为了燕太子丹，甚至仅仅是为了报答燕太子丹。他缺乏一个置自己的性命于不顾的支撑。

中国人讲究士为知己者死，但燕太子丹却远远不是荆轲的知己。他不了解荆轲的理想和志向，也没有了解荆轲这个人的兴趣。他还屡屡以恶意猜测荆轲，怀疑荆轲会反悔，从而不到秦国去谋杀秦王了。

实际上荆轲是知道他在燕太子丹心中占据着什么地位的，知道燕太子丹养他无非是要让他干掉秦王而已。于是当燕太子丹猜测他的时候，他就顶撞燕太子丹，顶撞了也就顶撞了。在到秦国去之前，他要等待一个朋友做助手，可燕太子丹却怀疑他是不是要变卦，这当然是很伤害荆轲自尊的。也许他应该向燕太子丹解释一下，以消除误会，但他却懒得解释。他委曲求全，凑合着让少年秦舞阳当了助手。

荆轲显然也有种种欲望，不过要满足他的欲望，似乎仅仅依靠自己的力量是不行的。大约能够帮他实现欲望的，唯有燕太子丹。事实是，当田光介绍荆轲拜见燕太子丹之后，燕太子丹就十足地顺适其意。

他拜荆轲为上卿。他要荆轲居豪华房子，吃鲜味菜肴，给他风流女子，珍奇物品。他陪荆轲散步，荆轲看见池塘有蛙，拾瓦投之，他竟赶忙拿来金丸让荆轲击蛙。他和荆轲共乘千里马，荆轲感喟千里马肝美，他便杀千里马让荆轲享受其肝。他请荆轲在华阳台饮酒，有美人鼓琴，荆轲赞叹美人一双好手啊，他立即断美人好手，用玉盘呈之。

天下之人，谁能像燕太子丹这样慷慨以对荆轲呢？我以为，他对荆轲确实是尽其所能了。然而不管他怎么让荆轲高兴，怎么让荆轲愉快，他都是把荆轲当作自己的工具，当作一把延长的匕首了。

燕太子丹与荆轲的关系，实际上是一种雇佣关系。处于这样一种雇佣关系的格局之中，荆轲将注定不能打开激情与灵感的闸门，不能增蓄能量，并发挥出来，不能完全而彻底地为之献身。

不过荆轲也是很有信义的，他做了自己答应的事情，没有污辱其节。虽然他没有干掉秦王，但他却显然使秦王惊心动魄，甚至丧魂。他把匕首扔在铜柱上而发出的金属之声到现在依然响着，昨天晚上，我在西安还听见了它的旋律。

那么荆轲是不是英雄？是不是一个真正的英雄呢？

一部权威辞书对英雄的注释是，英雄属于杰出的人。沿着辞书的指针进行分析，我以为，英雄是多种多样的。我的意思是，各个时代，当有各个时代的英雄，各个民族，各个国家，当有各个民族和各个国家的英雄，甚至一个社会的各个阶层，当有它的各个阶层的英雄，这是由其价值观念决定的。

那么存在不存在一个人类普遍接受的英雄呢？我以为，是存在的。

人对英雄充满敬仰，由于英雄是升华了的人，英雄有大功。人对英雄的敬仰，还由于人所普遍存在的一种心理，这便是谁都有成为英雄的愿望，谁都有成为英雄的可能，因为人或多或少都具备了一些英雄的素质。

人赞美英雄，实际上蕴藏着对自己的承认和肯定，并通过英雄的光芒，发现自己的亮点。

人赞美那些失败的英雄，是出于这样一种内在原因：他在奋斗过程中也曾经受挫，也曾经跌倒，这使他能够用心理解英雄。英雄的失败与自己的失败一旦融为一体，他便获得了舒坦，消除了人生的悲凉之感，并能够为自己重新站立积累信心和力量。

在我看起来，中国人对荆轲的喜欢，便源于一种承认和肯定自己的需要，并源于自己掩埋了同志的尸体，擦干泪，养好伤，以继续战斗的需要。

怀疑荆轲

中国人也从荆轲的操行，想到了自己所推崇的一种操行，还从荆轲的悲烈，想到了自己所呼唤的一种悲烈，并骄傲地感到荆轲与自己是同在的。

当然，中国人对远在两千多年前一位侠客投以深厚的感情，经久激赏，长期夸张，其十分重要的一点是，荆轲对中国人有一种特殊的作用。

中国人有两千余年处于集权统治之下，备受统治阶级的剥削和压迫，并使自己无可奈何地落到了敢怒而不敢言的地步。处于这样的生存状态，中国人必然产生对暴君的仇恨。但改变自己的命运，却很是艰难。中国人遂不得不退而求其次，给灵魂寻找一条出路，否则是会抑郁而死的。

荆轲对中国人的特殊作用是，他渐渐变成了苦闷的灵魂得以出气的洞口。秦王在遭荆轲谋杀未遂数年之后，摇身变为秦始皇，他所搞的严刑峻法，使他当之无愧地作了暴君的典型。中国人一般是不好反抗自己所在时代的暴君的，甚至不好对其批评。他们惯常的办法是，指秦始皇之桑，骂自己所憎恶之槐，从而拐弯抹角地泄愤。荆轲谋杀秦王的大举，显然能使处于欺凌之下的中国人产生共鸣和快感，并得到一些慰藉。荆轲遂演化为一个反抗暴君的象征了，荆轲的意义便超出了他的行为本身。

于是荆轲谋杀秦王，就变成了谋杀秦始皇，变成了谋杀所有的暴君，当然也就变成了谋杀自己所在时代的暴君。这样一层迂回而弯曲的关系，是通过种种借代在虚拟之中完成的，属于可怜的精神的胜利。

由于荆轲对中国人的特殊作用，中国人当然不希望荆轲是一个失败的人，即使失败了，事实是失败了，也不愿意认为荆轲的失败，是缺乏完全而彻底的献身精神所导致的。中国人不接受别的原因，只接受剑术偏差的原因，甚至不愿意认真分析荆轲失败的原因，或刚刚为其失败而感到遗憾，便转而鼓吹他的神勇了。这是被压迫和被剥削的中国人的一种生存智慧，不然怎么活呢！

到处传颂的荆轲，是中国人集体树立的一个角色，但他的原形却是由司马迁创造的。中国人所传颂的荆轲，显然是大于和高于荆轲的，可它却成了活着的荆轲。

陶渊明好采菊，一向散漫而悠然，但有一天他却忽然吟咏起荆轲来了：

雄发指危冠，

猛气冲长缨。

饮饯易水上，

四座列群英。

渐离击悲筑，

宋意唱高声。

萧萧哀风逝，

淡淡寒波生。

商音更流涕，

羽奏壮士惊。

心知去不归，

且有后世名。

登车何时顾，

飞盖入秦庭。

凌厉越万里，

逶迤过千城。

图穷事自至，

豪主正怔营。

惜哉剑术疏，

奇功遂不成。

其人虽已没，

千载有余情。

　　品陶渊明之诗，能感到一种出乎生命的慷慨，这当然不是空穴来风。对于陶渊明，荆轲是一个已经牺牲了几百年的人了，陶渊明不可能无缘无故地想到荆轲。陶渊明的啸鸣，显然是他所在的恶劣环境引发的。他是以生命的振动与裂变，抗议他所在的社会的黑暗。

　　大约在陶渊明逝世几百年之后，这首诗引起了朱熹的注意。他认为，陶渊明并不仅仅是一个平淡之人，他自有其豪放之性。

　　然而归根结底，荆轲的行动不过是一种谋杀而已。燕太子丹是策划人，目的是劫持秦王，或干掉秦王，以消除燕太子丹对秦王的恐惧，并阻挡秦国对燕国的征讨。

人类基于利益的得失和增减，必然要斗争。斗争的途径应该很多，但谋杀的办法却不是光明的，反而它卑鄙，尽管你谋杀的动机可能是高尚的，伟大的，甚至你谋杀的是暴君，是独裁分子，是进行种族清洗的恶棍，是发动毁灭人类战争的罪犯。不过，如果国际社会放任谋杀盛行，那么遭殃的往往是正义的势力，因为邪恶的势力更信奉谋杀，也更习惯于谋杀。

实际上历史是自有其发展趋向的，这决定了任何一种势力都有它必然的归宿。企图干掉某个势力的代表，从而崩溃其势力，这种思路不科学，不大气，不现实，因为倒下一个，还会产生别的一个。

顺便指出：秦国消灭列国，统一天下，其积极意义在于，它的结果有可能减轻混战带给中国人的痛苦。我以为，当时统一天下的趋向显然是进步的趋向，燕太子丹改变这个趋向的思路多少是逆历史潮流的。重要的是，历史潮流怎么能可以轻易改变呢？

在20世纪，曾经发生了很多谋杀事件。列宁遭到过谋杀，而且就是那颗资产阶级的钻进列宁身上的子弹，所留下的痼疾恶化了他的健康，并终于将他了之。希特勒遭到过谋杀，可惜炸弹有一点偏了。拉宾遭到过谋杀，是一个犹太人开枪打死了犹太人的领袖。这种种谋杀活动的结果怎样呢？结果似乎都没有达到那些策划人和行动人的目的，没有改变事物的本质。改变事物本质的，实际上在于事物的本质，如此而已。

我所推崇的英雄，不是以兵器称霸，也不是以权力傲世，甚至也不是以思想扬威，当然也不是以谋杀吓人。我所推崇的英雄，是在尘埃之中干净，在罪孽之中提纯，并终于捧着爱的种子到处播撒。爱是他的目的，也是他的手段。除了爱，他不走别的路。这样的英雄尽管寥若晨星，不过毕竟是有的。他们曾经闪耀在人类的浩瀚天空，使我得以想象和仰望。

我的态度非常明确：荆轲的价值观虽然是在我的中国文化之中孕育的，但把它放在人类文明的辽阔海洋，我感到，它却多少显出了自己的瑕疵。荆轲谋杀秦王，无非是为了兑现自己的承诺，报答燕太子丹的优厚之遇。很显然，是他的狭隘动机把自己的意志局限了。

不过荆轲所有的信义与胆气，我还是极其钦佩的。我从荆轲身上，测试了人的能量可以发挥到的一种程度。

易水一定是一条慷慨而幽怨的河，这是我始终怀有的一种感觉。荆轲到秦国去完成他的使命，就是在易水告别燕太子丹和他的朋友的。当时，凡是知道荆轲要赴秦国的朋友都来向荆轲饯行了。他们穿着白衣，戴着白帽。那天乌云低垂，大地苍凉。饯行的仪式当然是由燕太子丹主持的，他希望自己能高兴起来，然而一种深沉的压力使他眉头紧皱，满脸忧愁，怎么也难以高兴。高渐离想一扫告别的悲戚，遂摆出他的筑在击，但筑的声音却缠绵幽怨，如泣如诉，使所有的人都哭了。

这时候荆轲站起来，他看看天，看看地，随高渐离的乐曲唱了一首歌，歌曰：


　　　　风萧萧兮易水寒，

　　　　壮士一去兮不复还。


　　这是我极为喜欢的一首歌，一直喜欢它。我在自己的情绪处于低落的日子，就会吟咏它以改变我的情绪。当我一而再，再而三地吟咏它的时候，宇宙的浩茫之感便融于我心，我觉得人生渺小而短暂，究竟有什么可计较的呢？

　　我总是想，虽然荆轲所穿越的波浪已经流逝，但易水的波浪实际上却是一涟连着一涟的。我总是想，即使荆轲所穿越的波浪早就进入了大海，并在大海旋涡，变形，粉碎，可易水的波浪却是一直连通着大海的，追随着大海的。易水的波浪显然从来就未失去过它与大海的联系。易水与大海一直是一个整体，而且关键是，易水根本就没有离开过自己所在的燕国。

　　三年之前，我瞻仰了易水。我问易水在哪里，一个老人告诉我，在城南。易县为城，小小的，只有几座楼，楼周围摆着一些货摊。燕国的妇女显然解放了，她们竟坐在风中进行交易，可惜市场很是清冷。

　　我很快就穿城来到易水之滨，我觉得自己竟有一点紧张。

　　这就是我要瞻仰的易水吗？我所看到的易水，在冬日的风中变成了宁静而浩茫的白冰，不过在白冰下面，易水依然流淌着。偶尔会有小溪从薄弱的白冰下面钻出来，其轻轻地游滑

怀疑荆轲

着，充满了动感。

易水两岸到处都是雾霭。雾霭之中没有什么东西，大约只是一些贫穷的村子和干枯的树木，它们当然在雾霭之中沉默着。让我伤心的是，我感觉我的到来，一点也没有打动它们。

为荆轲饯行而击筑的高渐离，之后不得不躲藏起来，以防秦始皇的迫害。他改名换姓，到一家餐馆去当了酒保。这个工作很累，而且时间一长，他也觉得这样生活极为窝囊。于是他就重操旧业，仍在击筑。秦始皇知道他在街上出现了，便派鹰犬逮捕他，烧马粪熏瞎了他的眼睛，随之要求高渐离为自己击筑。高渐离当然不甘心，遂悄悄在筑的空隙装满了铅。一天晚上，他突然把筑投向秦始皇，事情不成，为秦始皇所诛。

我在易水吟咏着：


风萧萧兮易水寒，

壮士一去兮不复还！


我遥望咸阳宫吟咏着：


风萧萧兮易水寒，

壮士一去兮不复还！

# 老西安（节选）
## ——历史中的记忆

□ 贾平凹

当我应承了为老西安写一本书后，老实讲，我是有些后悔了，我并不是土生土长的西安人，虽然在这里生活了 27 年，对过去的事情却仍难以全面了解。以别人的经验写老城，如北京、上海、南京、天津、广州，要凭了一大堆业已发黄的照片，但有关旧时西安的照片少得可怜，费尽了心机在数个档案馆里翻腾，又往一些老古董收藏家搜寻，得到的尽是一些"西安事变""解放西安"的内容，而这些内容国人皆知，哪里又用得着我写呢？

老西安没照片？这让多少人感到疑惑不解，其实，老西安就是少有照片资料。没有照片的老西安正是老西安。西安曾经叫做长安，这是用不着解说的，也用不着多说中国有 13 个封建王朝在此建都，尤其汉唐，是国家的政治、经济、军事、文化中心，其城市的恢弘与繁华辉煌于全世界。可宋元之后，国都东迁北移，如人走茶凉，西安遂渐渐衰败。到了 20 世纪二三十年代，已经荒废沧落到规模如现今陕西的一个普通县城的大小。在仅有唐城 1/10 的那一圈明朝的城墙里，街是土道，铺为平屋，没了城门的空门洞外就是庄稼地、胡基壕、蒿丘和涝地，夜里有猫头鹰飞到钟楼上叫啸，肯定有人家死了老的少的，要在门首用白布草席搭了灵棚哭丧，而黎明出城去报丧的就常见到狼拖着扫帚长尾在田埂上游走。上海已经有洋人的租界了，蹬着高跟鞋拎着小坤包的摩登女郎和穿了西服挂了怀表的先生们生活里大量充斥了洋货，言语里也时不时夹杂了"密司特"之类的英文，而西安街头的墙上，一大片卖大力丸、治花柳病、售虎头万金油的广告里偶尔有一张两张胡蝶的、阮玲玉的烫发影照，普遍地把火柴称做洋火，把肥皂叫成洋碱，充其量有了名为"大芳"的一间照相馆。去馆子里照相，这是多么时髦的事！民间里广泛有着照相会摄去人的魂魄的，照相一定要照全身，照半身有杀身之祸的流言。但照相馆里到底是怎么回事，十分之九点九的人只是经过了照相馆门口向里窥视，立即匆匆走过，同当今的下了岗的工人经过了西安凯悦五星级大酒店门口的感觉是一样的。一位南郊的九十岁的老人曾经对我说过他年轻时与人坐在城南门口的河壕上拉话儿，缘头是由"大芳"照相馆橱窗里蒋介石的巨照说开的，一个说：蒋委员长不知道一天吃的什么饭，肯定是顿顿捞一碗干面，油泼的辣子调得红红的。他说：我要当了蒋委员长，全村的粪都要是我的，谁也不能拾。这老人的哥哥后来在警察局里做事，得势了，也让他和老婆去照相馆照相，"我一进去，"老人说，"人家问全光还是侧光？我倒吓了一跳，照相还要脱光衣服？！我说，我就全光吧，老婆害羞，她光个上半身吧。"

正是因为整个老西安只有那么一两间小小的照相馆，进去照的只是官人、军阀和有钱的人，才导致了今日企图以老照片反映当时的民俗风情的想法落空，也是我在写这本书的时候，首先感到了老的西安区别于老的北京、上海、广州的独特处。

但是，西安毕竟是西安，无论说老道新，若要写中国，西安是怎么也无法绕过去的。

如果让西安人说起西安，随便从街上叫住一个人吧，都会眉飞色舞地摆阔：西安嘛，西安在汉唐做国都的时候，北方是北夷呀，南方是南蛮吧。现在把四川盆地称"天府之国"，其实"天府之国"最早说的是我们西安所在的关中平原。西安是大地的圆点。西安是中国的中心。西安东有华岳，西是太白山，南靠秦岭，北临渭水，土地是中国最厚的黄土地，城墙是世界上保存最完整的古城墙。长安长安，长治久安，从古至今，它被水淹过吗？没有。被地震毁坏过吗？没有。日本鬼子那么凶，他打到西安城边就停止了！据说新中国成立时选国都地，差一点就又选中了西安呢。瞧瞧吧，哪一个外国总统到中国来不是去了北京上海就要来西安呢？到中国不来西安那等于是没真正来过中国呀！这样的显派，外地人或许觉得发笑，但可以说，这种类似于败落大户人家的心态却顽固地潜藏于西安人的意识里。我曾经亲身经历过这样一幕：有一次我在一家宾馆见着几个外国人，他们与一女服务生交谈，听不懂西安话，问怎么不说普通话呢？女服务生说：你知道大唐帝国吗？在唐代西安话就是普通话呀！这时候一只苍蝇正好飞落在外国一游客的帽子上，外国人惊叫这么好的宾馆怎么有苍蝇，女服务生一边赶苍蝇一边说：你没瞧这苍蝇是双眼皮吗，它是从唐朝一直飞过来的！

凡是去过镇江的北固山的西安人，都嘲笑那个梁武帝在山上写着的"天下第一江山"几个字。但我在北京却遭遇到一件事，令我大受刺激。那是我第一次去北京，我要去天桥找个熟人，不知怎么走，问起一个袒胸露乳的中年汉子："同志，你们北京天桥怎么去？"他是极热情的，指点坐几路车到什么地方换坐几路车，然后顺着一条巷直走，向左拐再向右拐，如何如何就到了。指点完了，他却教导起了我："听口音是西安的？边远地区来不容易啊，应该好好逛逛呀！可我要告诉你，以后问路不要说你们北京天桥怎么去，北京是我们的，也是你们的，是全国人民的，你要问就问：同志，咱们首都的天桥在什么地方，怎么个走呀！"皇城根下的北京人口多么满，这一下我就憋咧。事隔了十年，我在上海，更是生了一肚子气，在一家小得可怜的旅馆里住，白天上街帮单位一个同事捎买衣服，跑遍了一条南京路，衣服号码都是个瘦，没一件符合同事腰身的。"上海人没有胖子"，这是我最深刻的印象。夜里回来，门房的老头坐在灯下用一个卤鸡脚下酒喝，见着我了硬要叫我也喝喝，我说一个鸡脚你嚼着我拿什么下酒呀，他说我这里有豆腐乳的，拉开抽屉，拿一根牙签扎起小碟子里的一块豆腐乳来。我笑了，没有吃，也没有喝，聊开天来。他知道了我是西安人，眼光从老花镜的上沿处盯着我，说：西安的？听说西安冷得很，一小便就一根冰拐杖把人撑住了？！我说冷是冷，但没上海这么阴冷。他又说：西安城外是不是戈壁滩？！我便不高兴了，说，是的，戈壁滩一直到新疆，出门得光膀子穿羊皮袄，野着嗓子拉骆驼哩！他说：大上海这么大，我还没见过骆驼的呢。我哼了一声：大上海就是大，日本就自称大和，那个马来西亚也叫做大马的……回到房间，气是气，却也生出几分悲哀：在西安时把西安说得不可无一，不可有二，外省人竟还有这样看待西安的？！

当我在思谋着写这本书的时候，困扰我的还不是老照片的缺乏，也不是头痛于文章从哪个角度切入，而真的不知如何为西安定位。我常常想，世上的万事万物，一旦成形，它都有着自己的灵魂吧。我向来看一棵树一块石头不自觉地就将其人格化，比如去市政府的大院看到一簇树枝柯交错，便认定这些树前世肯定也是仕途上的政客；在作家协会的办公室看见了一只破窗而入的蝴蝶，就断言这是一个爱好文学者的冤魂。那么，城市必然是有灵魂的，偌大的一座西安，它的灵魂是什么呢？

翻阅了古籍典本，陕西是被简称秦的。秦原是西周边陲的一个古老部落，姓嬴氏，善养马，其先公因为周孝王养马有功而封于秦地的。但秦地最早并不属于现在的陕西，归甘肃省。这有点如陕西人并不能自称陕人，原因是陕西实指河南陕县以西的地方一样。到了春秋时期，秦穆公开疆拓土，这下就包括了现在陕西的一些区域，并逐渐西移，秦的影响便强大起来，而在这辽阔的地区内自古有人往来于欧亚之间，秦的声名随戎狄部落的流徙传向域外，邻国于是称中国为秦。所谓的古波斯人称中国为赛尼，古希伯来人称中国为希尼，古印度人称中国为支那、震旦，其实全都是秦的音译。到了秦始皇统一中国，"逼逐匈奴，威震殊俗，匈奴之流徙极远者往往至今欧北土……彼等称中国为秦，欧洲诸国亦相沿之而不改。"秦的英语音译也就是中国。中国人又称为汉人，中国的语言称汉语，国外研究中国学问的专家称之为汉学家，日本将中医也叫做汉医，那么，汉又是怎么来的呢？刘邦在秦亡以后，被项羽封地在陕西汉中，为汉王。刘邦数年后击败了项羽，当然就在西安建立了汉朝。汉朝到了汉武帝时期，国力鼎盛，开辟了丝绸之路，丝绸人都自称为汉家臣民。西方诸国因此就称他们为汉、汉人，沿袭至今。而历史进入唐代，中国社会发展又是一个高峰期，丝绸之路更加繁荣，海上交通与国际交往也盛况空前，海外诸国又称中国人为唐人。此称谓一直延续，至今美国的纽约、旧金山，加拿大的温哥华，巴西的圣保罗，澳大利亚的墨尔本，以及新加坡等地，华侨或外籍华裔聚居的地方都叫唐人街。

世界对于中国的认识都起源于陕西和陕西的西安，历史的坐标就这样竖起了。如果不错的话，我以为要了解中国的近代文明那就得去北京，要了解中国的现代文明得去上海，而要了解中国的古代文明却只有去西安了。西安或许再也不能有如秦、汉、唐时期在中国的显赫地位了，它在 18 世纪衰弱，20世纪初更是荒凉不堪，直到现在，经济发展仍滞后于国内别的省份，但它因历史的积淀，全方位地保留着中国真正的传统文化（现在人们习惯于将明清以后的东西称为传统，如华侨给外国人的印象是会功夫，会耍狮子龙灯，穿旗袍，唱京剧，吃动物内脏，喝茶喝烧酒等，其实最能代表中华民族的东西在汉唐），使它具有了浑然的厚重的苍凉的独特风格。正是这样的灵魂支撑着它，氤氲笼绕着它，散发着魅力，强迫得天下人为之瞩目。

十五年前的一个礼拜日，我骑了自行车去渭河岸独行，有一处的坟陵特别集中，除了有两个如大山的为帝陵外，四周散落的还有六七个若小山的是那些伴帝的文臣武将和皇后妃子的墓堆。时近黄昏，夕阳在大平原的西边滚动，渭河上黄水汤汤，所有的陵墓被日光蚀得一片金色，我发狂似的蹬着自行车，最后倒在野草丛中哈哈大笑。这时候，一个孩子和一群羊就站在远远的地方看我，孩子留着盖子头，流一道鼻涕在嘴唇上，羊鞭拖后，像一条尾巴。我说："嗨，碎人，碎人，哪个村里的？"西安的土话"碎"是小，他没有理我。"你耳朵聋了没，碎人！""你才是聋子哩！"他顶着嘴，提了一下裤子，拿羊鞭指左边的一簇村子。关中平原上的农民住屋都是黄土板筑得很厚的土墙，三间四间的大的入深堂房是硬四椽结构，两边的厢房就为一边盖了，如此形成一个大院，一院一院整齐排列出巷道。而陵墓之间的屋舍却因地赋形，有许多人家直接在陵墓上凿洞为室，外边围一圈土坯院墙，长几棵弯脖子苍榆。我猜想这一簇一簇的村落或许就是当年的守墓人繁衍下来所形成的。但帝王陵墓选择了好的风水地，阴穴却并不一定就是好的阳宅地，这些村庄破破烂烂，没一点富裕气象，眼前的这位小牧羊人形状丑陋，正是读书的年龄却在放羊了！我问他："怎么不去上学呢？"他说："放羊哩嘛！""放羊为啥哩？""挤奶嘛！""挤奶为啥哩？""赚钱嘛！""赚钱为啥哩？""娶媳妇嘛！""娶媳妇为啥哩？""生娃嘛！""生娃为啥哩？""放羊嘛！"我哈哈大笑，笑完了心里却酸酸的不是个滋味。

关中人有相当多的是守墓人的后代，我估计，现在的那个有轩辕墓的黄陵县，恐怕就是守墓人繁衍后代最多的地方。陕西埋了这么多皇帝，辅佐皇帝创业守成的名臣名将，也未必分属江南、北国，倒是因建都关中，推动了陕西英才辈出，如教民稼穑的后稷，治理洪水的大禹，开辟丝绸之路的张骞，一代史圣司马迁，仅以西安而言，名列《二十四史》的人物，截至清末，就有一千多人。这一千多人中，帝王人数约占百分之五，绝大部分属经邦济世之臣，能征善战之将，侠肝义胆之士，其余的则是农学家、天文学家、医学家、史学家、训诂学家、文学家、画家、书法家、音乐歌舞艺术家，三教九流，门类齐全。西安城南的韦曲和杜曲，实际上是以韦、杜两姓起名的，历史上韦、杜两大户出的宰相就40人，加上名列三公九卿的大员，数以百计，故有"城南韦杜，去天尺五"之说。

　　骑着青牛的老子是来过西安的，在西安之西的周至架楼观星，筑台讲经，但孔子是"西行不到秦"的。孔子为什么不肯来秦呢，是他畏惧着西北的高寒，还是仇恨着秦的"狼虎"？孔子始终不来陕西，汉唐之后的陕西王气便逐渐衰微了，再没有出过皇帝，也没有埋过皇帝。民间的传说里，武则天在冬日的兴庆宫里命令牡丹开花，牡丹不开，被逐出了西安，牡丹从此落户于洛阳，而城中的大雁塔和曲江池历来被认为是印章和印泥盒的，大雁塔虽有倾斜但还存在，曲江池则就干涸了。到了20世纪，中国的天下完全成了南方人的世事，如果说老西安就从这个时候说起，能提上串的真的就没有几个人物了。


　　赵舒翘和杨虎城是西安近代史上两个无法避开的人物，而民间传颂最多的倒是那个安抚堡的寡妇和牛才子。赵舒翘和杨虎城属于正剧，正剧往往是悲剧，安抚堡寡妇和牛才子归于野史，野史里却充满了喜剧成分。我们尊重那些英雄豪杰，但英雄豪杰辈出的年代必定是老百姓生灵涂炭的岁月，世俗的生活更多的是波澜不起地流动着，以生活的自在规律流动着，这种流动沉闷而不感觉，你似乎进入了无敌之阵，可你很快却被俘房了，只有那些喜剧性人物增加着生趣，使我们一日一日活了下去，如暗里飞的萤虫自照，如水宿中的禽鸟相呼。

以西安市为界，关中的西部称为西府，关中的东部称东府，西府东府比较起来就有了一种很有趣的现象。东府有一座华山，西府有一座太白山。华山是完整的一块巨石形成的，坚硬、挺拔、险峭，我认做是阳山，男人的山，它是纯粹的山，没有附加的东西，如黄山上的迎客松呀，峨眉山上能看佛光呀，泰山上可以祀天呀，上华山就是体现着真正上山的意义。太白山峰峦浑然，终年积雪，神秘莫测，我认做是阴山，女人的山。东府有秦始皇兵马俑博物馆，西府里有霍去病石雕博物馆。我对所有来西安旅游的外地朋友讲，你如果是政治家，请去参观秦兵马俑张扬你的气势，你如果是艺术家，请去参观霍去病墓以寻找浑然整体的感觉。在绘画上，我们习惯于将西方的油画看作色的团块，将中国的水墨画看作线的勾勒，在关中平原上看冬天里的柿树，那是巨大的粗糙的黑桩与细的枝丫组合的形象。听陕西古老的戏剧秦腔，净的嘶声吼叫与旦的幽怨绵长，又是结合得那样完美，你就明白这一方水土里养育的是一种什么样的人了。

如果说赵舒翘、杨虎城并没有在政治上、军事上完成他们大的气候，那么，从这个世纪之初，文学艺术领域上的天才却一步步向我们走来：于右任、吴宓、王子云、赵望云、石鲁、柳青……足以使陕西人和西安这座城骄傲。我每每登临城头，望着那南北纵横"井"字形的大街小巷，不由自主地就想到了他们，风里点着一支烟，默默地想象这些人物当年走动于这座城市的身影，若是没有他们，这座城将又是何等的空旷啊！

于右任被尊为书圣，他给人的永远是美髯飘飘的仙者印象，但我见过他年轻时在西安的一张照片，硕大的脑袋，忠厚的面孔，穿一件臃肿不堪的黑粗布棉衣裤。大的天才是上苍派往人间的使者，他的所作所为，芸芸众生只能欣赏，不可模仿。现在海内外写于体的书法家甚多，但风骨接近者少之又少。我在江苏常熟翁同龢故居里看翁氏的照片，惊奇他的相貌与于右任相似，翁氏的书法在当时也是名重天下，罢官归里，求字者接踵而来，翁坚不与书，有人就费尽心机，送帖到翁府请其赴什么宴，门子将帖传入。翁凭心性，上次批一字：可。这次批一字：免。如此反反复复，数年里集单字成册作为家传之宝。于右任在西安的时候却是有求必应，相传曾有人不断向他索字，常坐在厅里喝茶等候，茶喝多了就跑到街道于背人处掏尿，于右任顺手写了"不可随处小便"，他拿回去，重新剪裁装裱，悬挂室中却成了"小处不可随便"。西安人热爱于右任，不仅爱他的字，更爱他一颗爱国的心，做圣贤而能庸行，是大人而常小心。他同当时陕西的军政要人张坊，数年间跑遍关中角角落落，搜寻魏晋和唐的石碑，常常为一块碑子倾囊出资，又百般好话，碑子收集后，两人商定，魏晋的归于，唐时的属张，结果于右任将所有的魏晋石碑安置于西安文庙，这就形成了至今闻名中外的碑林博物馆，而张坊的唐碑运回了他的河南老家，办起了"千唐诗斋"。正应了大人物是上苍所派遣的话，前些年

老西安（节选）

159

西安收藏界有两件奇石轰动一时，一件是一块白石上有极逼真的毛泽东头像，一件是产于于右任家乡三原县前泾河里的一块完整的黑石，唯妙唯肖的是于右任，惹得满城的书法家跑去观看，看者就躬身作拜，状如见了真人。

从书法艺术上讲，汉时犹如人在剧场看戏，魏晋就是戏散后人走出剧场，唐则是人又回坐在了家里，而戏散人走出剧场那是各色人等，各具神态的，所以魏晋的书法最张扬，最有个性。于右任喜欢魏晋，他把陕西的魏晋碑子都收集了，到了我辈只能在民间收寻一些魏晋的拓片了。在我的书房里，挂满了魏晋的拓片，有一张上竟也盖有于右任的印章，这使我常面对了静默玄想，于右任是先知先觉，我是浑厚之气不知不觉上身的。

于右任之后，另一个对陕西古代艺术的保护和发展作出了重要贡献的人物当属王子云。王子云在民间知之者不多，但在美术界、考古界却被推崇为大师的，在二十世纪三四十年代，他的足迹遍及陕西所有古墓、古寺、山窟和洞穴，考察、收集、整理古文化遗产。翻阅他的考察日记，便知道在那么个战乱年代，他率领了一帮人在荒山之上，野庙之中，常常一天吃不到东西，喝不上水，与兵匪周旋，和豺狼搏斗。我见过他当年的一张照片，衣衫破烂，发如蓬草，正立于乱木搭成的架子上拓一块石碑。霍去病墓前的石雕可以说是他首先发现了其巨大的艺术价值，并能将这些圆雕拓片，这种技术至今已无人能及了。

石鲁和柳青可以说是旷世的天才，他们在二十世纪四十年代生活于西安，又去了延安再返回西安发展他们的艺术，他们最有个性，留在民间的佳话也最多，几乎在西安，任何人也不许说他们瞎话的，谁说就会有人急。在外地人的印象里，陕西人是土气的，包括文学艺术家，这两个形象也是如此。石鲁终年长发，衣着不整，柳青则是光头，穿老式对襟衣裤，但其实他们骨子里最洋。石鲁能歌善舞，精通西洋美术，又创作过电影剧本；柳青更是懂三四种外语，长年读英文报刊。他们的作品长存于世，将会成为中华民族文化遗产的一部分不动资产，而他们在"文化大革命"的浩劫中命运却极其悲惨。石鲁差点被判为死刑，最后精神错乱；柳青是在子女用自行车推着去医院看病了数年后，默默地死于肺气肿。

当我们崇拜苏东坡，而苏东坡却早早死在了宋朝，同样的，我出生太晚，虽然同住于一个城市，未能见到于右任、王子云、石鲁和柳青。美国的好莱坞大道上印有那些为电影事业作出贡献的艺术家的脚印手印，但中国没有。有话说喜欢午餐的人是正常人，喜欢早餐或喜欢晚餐的人是仙或鬼托生的。我属于清早懒以起床晚上却迟迟不睡的人，常在夜间里独自逛街。人流车队渐渐地稀少了，霓虹灯也暗淡下去，无风有雾的夜色里浮着平屋和楼房的正方形、三角形，谁家的窗口里飘出了秦腔曲牌，巷口的路灯杆下一堆人正下着象棋，街心的交通安全岛上孤零零蹲着一个老头明灭着嘴唇上的烟火，我就常常作想：人间的东西真是奇妙啊，我们在生活着，可这座城是哪一批人修筑的？穿的衣服，衣服上的扣子，做饭的锅，端着的碗，又是谁第一个发明的呢？我们活在前人的创造中而我们竟全然不知！人人都在说西安是一座文化积淀特别深厚的城市，但它又是如何一点一点积淀起来呢？文物是历史的框架，民俗是历史的灵魂，而那些民俗中穿插的人物应该称做是贤德吧？流水里有着风的形态，斯文里留下了贤德的踪迹，今日之夜，古往今来的大贤大德们的幽灵一定就在这座城市的空气里。

西安多文物，也便有了众多的收藏家，其中的大家该算是阎甘园了。阎家到底收藏了多少古董，现已无法考证，因为"文化大革命"中，红卫兵一架子车一架子车往外拉"四旧"，有的烧毁了，有的散失了，待国家拨乱反正的时候，返回的仅只有十分之一二。鲁迅先生当年来西安，就到过阎家，据说阎甘园把所有的藏品都拿出来让这位文豪看，竟摆得满院没了立脚的地方。等到我去阎家的时候，阎家已搬住在南院门保吉巷的一个小院子里。人事沧桑，小院的主人成了阎甘园的儿子阎秉初，一个七八十岁的精瘦老人了。老人给我讲着遥远的家史，讲着收藏人的酸辣苦甜，讲着文物鉴定和收藏保管的知识，我听得入迷，盘脚坐在了椅上而鞋掉在地上组成了"×"形竟长久不知，后来就注意到我坐的是明代的红木椅子，端的是清代的茶碗吃茶，桌旁的一只猫食盘样子特别，问：那是什么瓷的？老人说了一句：乾隆年间的耀州老瓷。那一个上午，阳光灿烂，几束光柱从金链锁梅的格窗里透射进来，有活的东西在那里飞动，我欣赏了从樟木箱里取出的石涛、朱耷、郑板桥和张大千的作品，一件一件的神品使我眩晕恍惚，竟将手举起来哄赶齐白石画上前来的一个飞虫时才知道那原本是画面上绘就的蜜蜂，惹得众人哄笑。末了，老人说："你是懂字画的，又不做买卖，就以五千元半售半赠你那幅六尺整开的郑燮书法吧，你我住得不远，我实在想这作品了还能去你家看看嘛！"可我那时穷而啬，竟没有接受他的好意，数年后再去拜访他时，老人早于三月前作古，他的孙子不认得我，关门不开，院里的狗声如豹。

我在西安居住最长的地方是南院门。南院门集中了最富有特色的小街小巷，那时节，路面坑坑洼洼不平，四合院的土坯墙上斑斑驳驳，墙头上有长着松塔子草的，时常有猫卧在那里打盹，而墙之上空是蜘蛛网般的陈旧电线和从这一棵树到那一棵树拉就的铁丝，晾挂了被褥、衣裳、裤衩，树是伤痕累累，拴系的铁丝已深深地隐在树皮之内。每一条街巷几乎都只有一个水龙头，街巷人家一早一晚用装着铁轮子的木板去拉桶接水，哐哐哐的噪音吵得人要神经错乱。最难为情的是巷道里往往也只有一个公用厕所，又都是污水肆流，进去要小心地踩着垫着的砖块。早晨的厕所门口排起长队，全是掖怀提裤蓬头垢面的形象，经常是儿子给老子排队的，也有做娘的在蹲坑上要结束了，叫喊着站在外边的女儿快进来，惹得一阵吵骂声。我居住在那里，许多人见面了，说：你在南院门住呀，好地方，解放前最热闹啊！我一直不明白，南院门怎么会成为昔日最繁华的商业区，但了解了一些老户，确实是如此，他们还能说得出一段拉洋片的唱词：南院门赛上海，商行林立一条街，三友公司卖绸缎，美孚石油来垄断，金店银号老凤祥，穿鞋戴帽鸿安坊，亨得利卖钟表，"世界""五洲"西药房……说这段唱词的老者们其中最大八十余岁，他原是西门瓮城的拉水车夫，西安城区大部分地下水或苦或咸，唯有西门瓮城之内四眼大井甘甜爽口，他向我提说了另外一件事。大约是一九三九年吧，他推着特制的水车，即正中一个大轮，两侧木架上放置水桶四个，水桶直径一尺，高二尺，上有小孔，用以灌水倒水，又有小耳子两个，便于搬动，在瓮城装了水车唱唱嗬嗬要到南院门去卖，南院门却就戒严了，说是蒋介石在那里视察。他把水车存放在一家熟人门口，就跟着人群也往南院门看热闹，当然他是近不了蒋介石的身的，先是站在一家茶社门口的棋摊子前，后来当兵的赶棋摊子，他随着下棋人又到了茶社，下棋的照常在茶社下棋，他趴在二楼窗子上到底是见了一下蒋介石，并不断听到消息，说是胡宗南为了显示自己政绩，弄虚作假，让店行的老板都亲临柜台迎宾服务，橱窗里又挂上一尺宽三尺高的蒋的肖像。蒋到了老凤祥，看一枚明代宫廷首饰"钗朵"，顺口问：西安黄金什么价？蒋介石身后的胡宗南忙暗中竖起右手食指和中指，随又弯成钩形，店老板便回答：二百九。其实西安的黄金价已涨到每两四百元。从老凤祥出来，蒋介石这家进那家出，问了火柴又问盐，问了石油又问布，石油已涨成一元二三一斤，但仅被报成七角。

在南院门居住，生活是确实方便的，这里除了没有火葬场，别的设施应有尽有。所谓的南院，是光绪十四年陕西巡抚部院由鼓楼北移驻过来的称号，民国以后又都为陕西省议会、国民党省党部、西安行营占驻，一直为西安的政治中心。一九二六年南院西侧的箭道开辟了小百货市场，面粉巷、五味什字、马坊门、正学街、广济街、竹笆市，集中了全城所有的老字号。竹笆市早在明代就是竹器作坊集中地，至今仍家家编卖竹床竹椅竹帘竹笼之类。涝巷是传统的书画装裱、纸扎、棚坊、剪刀五金等工艺作坊区，三家五家的在门面或摊点上出售传统小吃如杏仁油茶、粉蒸肉、甑糕、枣末糊、炒荞粉。克利西服店是洋服专卖店，那个长脖子、喉结硕大的师傅裁缝手艺属西北第一，给胡宗南做过服装，给从延安来的周恩来也做过服装。老樊家的腊汁肉，老韩家的挂粉汤圆，老何家的"春发生"葫芦头泡馍，王记粉汤羊血都在涝巷外的正街上，辣面店香油坊卖的是最纯正的陕西线线辣面和关中芝麻香油。马坊门的鸿安祥是专卖名牌的鞋店，正学街有家笔店，搞石版印刷，篆刻图章，制作徽章。广场的甬道里有西安最早的新式制革厂，有一摆儿卖香粉、雪花膏、生发油、花露水的"摩登商店"，有创建于清宣统元年的陕西图书馆，有商务印书馆，中华书局，世界、大东和北新书局分店，有慈禧来西安所接受的但未被返京时带走的贡品陈列所"亮宝楼"。南广济街有广育堂，制配的痧药和杏核眼药颇具声名，更有达仁堂、藻露堂中药店。藻露堂创立于明天启二年，该店名药"培坤丸"，以调经和血补气安胎而声播海内外，日均销售额二百银元。每年春节这里都办灯市，可谓是万头攒拥，水泄不通，浮于半空的巨大声浪立于钟楼也能听见。正月十五前后的三天晚上，灯谜大会自发形成，由南院的正街、广场一直延伸到马坊门，马坊门就有了一家叫"礼泉黄"的算卦小屋，礼泉黄的谜面、谜底是不离经、史、诗文的，有着几根稀黄胡子的屋主肯定是坐在旁边的藤椅上，在人们的啧啧夸赞声里，呼噜噜呼噜噜一锅接一锅地吸水烟。

我第一次来到西安的时候，是十三岁，作为中学生红卫兵串联的，背了粗麻绳捆着的铺盖卷儿，戴着草帽，一看见钟楼就惊骇了，当即草帽掉下来，险些被呼啸而来的汽车碾着。自做了西安市的市民，在城里逛得最多的地方依然是钟楼。我是敬畏声音的，而钟的惊天动地的金属声尤其让我恐惧。钟鼓楼是在许多城市都有的建筑，但中国的任何地方的钟鼓楼皆不如西安的雄伟，晨钟暮鼓已经变成了一句成语，这里还依然是事实，至今许多外地人一早一晚聚于钟鼓楼广场，要看的是一队古装打扮的人神色庄严地去钟楼上鼓楼上鸣钟敲鼓，恍惚到了远古的时代。钟楼在西安的中心，西安人讲龙脉，北门出去的北郊塬上就是龙头，现仍叫龙首村的，钟楼正好建在龙的腰上。古时候钟鼓之声响起来情形如何，四座城门的守卒是否关闭城门，来往行人是否立足凝神，不可得知。一位姓章的朋友说过这样的事，他的爷爷在民国初年是个刽子手，那时报时的方式一度是"放午炮"，当然午炮也是在钟楼上放的。他常常执行犯人必须在午炮前就临刑场，单等了午炮轰然一响，嚓一口酒噗地喷向犯人，刀起头落，然后那没了脑袋的身子从肚脐往上聚一个包，包渐渐涌上，断颈就猛地冲上一股血来。

以放炮而报时，这也只有西安人能这么干了。西安虽是帝王之都，但毕竟地处西北，气候干燥，冬天冻得要死，夏天热得要命，一年四季其实只有两季，刚刚脱下棉袄，没过几天街上就有人穿单衫了。这样的地理环境，产生了秦嬴政的"虎狼之师"，产生了味道最辣的线线辣子和紫皮独瓣蒜，产生了最暴烈的"西凤酒"，产生了音韵中少三声多四声最生、冷、硬、蹶的语音和这种语音衍义成的秦腔戏曲。在大小的饭馆里，随处可以看到一帮人有凳子不坐而蹴于其上，提裤腿，挽袖子，面前放着"西凤酒"，下酒的菜是生辣子里撒着盐，而海碗里的一指宽如腰带的长面，辣油汪红，手掌里还捏着一疙瘩紫皮大蒜，他们吃喝得满头大缸冒气，兴起了咧开大嘴就来一段秦腔。西安人的生、冷、硬、倔使他们缺少应付和周旋的能力而常常吃亏，但执著和坚韧却往往完成了外人难以完成的物事。二十年代"西安围城"之役就正好体现了这一点。

一九二六年的春天，军阀刘镇华在吴佩孚的支持下，又勾结了阎锡山以及陕南、陇东、陇南的镇守使，率十万兵力攻打西安。守住西安，对于策应广东革命政府的北伐有着十分重要的战略意义，但守城的军队仅有杨虎城、李虎臣、卫定一三部近万人。一万对十万，相持了八个月，这是何等的艰难！刘镇华攻不开城，就企图围死城，沿城周挖壕七十华里，壕后筑土墙，架设大炮隔绝内外，又纵火烧毁城外十万亩麦田。城中粮食短缺，斗粟百元，后到有价无市，军民挖野菜、剥树皮、餐油渣、咽糠麸，进而煮皮带、吃药材、屠狗杀马、挖鼠罗雀，甚或食死尸。有两段文字，是亲历围城之役的人写的：

一、城中死尸，到处可见，收埋稍迟，则犬来啮之，甚至有饿至难忍，假寐道旁而群犬亦向之龇牙者。余在端履门见一饿倒老妪，尚未绝气，群犬即围而争食。细观老人，若欲格之而无力格之，然待余飞身赶到从事驱逐，而老人之一臂一足已为群犬咬断，多已去也。

二、十一月十二日，风雪连天，白昼若晦，全城几断人影，是日遂以死两千人传矣。越日，余往各处视之，见屋檐之下，倒毙无数，大道之中，横陈多尸。披乱麻布者有焉，拥旧棉絮者有焉，穿破夹衣者有焉，此服色之不一也。有口含油渣而尚未咽下者，有突然倒地作欲起之势者，有若彼此互抱而取暖者，有蜷曲于乱草之中，状若安睡者，此死相之不一也。其中男子最多，妇人最少，老者最多，幼者最少，劳工最多，他界最少，此人色之不一也。余观至此，几疑此身已入饿鬼地狱中。

即使如此，西安人仍未屈服，八个月后，击败了刘镇华，护城成功。成功后，在北新街空旷地上挖下大坑，葬埋了遗散在城内各处无人收埋的死难者万具尸骨，并在大冢上修起纪念馆，杨虎城以沉痛心情写了一副挽联：

生也千古死也千古；

功满三秦怨满三秦。

四十年代末，商南县有位姓王的县长，系省主席的侍卫员，凭主仆关系被外放县长，到任后贪赃枉法，无恶不作。西安有家文化通讯社报道了此事，一时社会轰动，舆论大哗。该县的议长在召集会议讨论时，姓王的县长突然破门而入，质问谁是揭发人，即拔枪射击，议长当场毙命，副议长越墙逃命，又被击中。血案的消息传到西安，省副议长在会上斥责"古今中外，无是政体"，文化社再次刊印副议长讲话，陕省当局大为震惊和尴尬，迫于舆论压力，将王押解西安法办。更有一家《秦风·工商日报联合版》的报纸，经常揭露省、县行政当局贪污舞弊及有关施政方面的种种黑幕，尤其抗战胜利后，坚持反对内战，呼吁释放全国政治犯，释放杨虎城。因此西北王胡宗南亲自听从省当局特别汇报，研究整治方案，封锁扼杀，指使特务强迫西安市报贩不准卖《秦风·工商日报联合版》，并由各警察分局秘密通知各商户不准订阅该报，不准在该报登载广告。但是，读者订不到报，亲自到报社取报，邮局把报扣了，报社就将铁路公路沿线的报纸交给每日第一班车上的司机代送。当局见软的不行，最后便纠集一伙暴徒砸抢报社营业部，要放定时燃烧弹焚毁印刷厂，并派人以车撞断总编辑双腿，将记者堵在巷子以辣面子、石灰撒入嘴和眼中，直至最后绑架著名报人李敷仁，秘密杀害报纸创办人杜斌丞。

　　我常常想，城市是什么，是一堆水泥和拥挤的人群。当我们是骑自行车的上班族时，我们反感着那些私家小车和出租车呼啸来呼啸去地常开在自行车的道上，而当我们有了钱能搭乘出租车，甚或有了自家小车，又总是讨厌骑自行车的人挡住了车的去路。几乎人人都在抱怨着城市的拥挤、吵闹和空气污浊，但谁也不愿自己搬离城市。大白天里，车水马龙，人多如蚁，可到了夜里街灯在冷冷地照着路面，清洁工抱着扫帚有一下没一下地划动，偶尔见到夜市上归来的相互扶着的醉汉和零星的幽灵一般倚在天桥上的妓女，你无法想象，人都到哪儿去了呢？为什么竟没有一个走错了家门呢？西安的街巷布置是整齐的"井"字形，威严而古板，店铺的字号，使你身处在现代却要时时提醒起古老的过去，尤其那些穿着黄的蓝灰的长袍的僧人，就得将思绪坠入遥远的岁月，那汉唐的街上，脖子上系着铃铛，缓缓地拉着木轱辘大车经过，该是一种何等的威风呢？城墙上旌旗猎猎，穿着兵卒字样军服的士兵立于城门两侧，而绞索咯吱吱地降下城门外护城河上的板桥，该又是一种何等的气派呢？青龙寺的钟声中哪一声糅进了鉴真和尚的经诵？葫芦头泡馍馆门首悬挂的葫芦里哪一味调料是孙思邈配制？朱雀门外的旧货市场上的老式床椅是辗转过韩干的身肢还是浸润过王九思的汗油？上千年的风雨里，这个城市竟呼呼啦啦败落下来，中华人民共和国五十年来虽积极地重新建设，但种子种久了退化，田地耕久了板结，它已实在难以恢复王气。毕竟如今的城市规模小，城外而来的汽车和人流将泥土直接可以带到市之中心，又因为城市的经济能力有限，众多的失业者得有生存的营生而导致街巷行人道上有了地摊，卖小杂碎和饮食，所以，西安的尘土永远难以清除，一年数日里的昏天灰地令人窒息，皮鞋晌晌得擦，晌晌是脏，落小雨落下来是泥点，下大雨路面积潭，车漂如船。深秋天气，法桐的花绒便起飞了，整个城市不寒而雪，到了冬季，雪下起来又难以久驻，雪与尘土和成污泥又冻成疙瘩，街面上随处就有跌倒的行人，最难堪的是一辆自行车啪地一倒，三辆四辆、十辆八辆啪啪啪地倒一大片。一旦夏天来临呢，大天白日，小伙子们全裸了上身，脖子上搭一条湿而脏的毛巾，在小巷透着窗子一看，也常能看到一些老妪也裸了上身在案上擀面，乳房干瘪，肋骨可数。入夜的街道两旁，钢丝床、竹躺椅、凉席摆满，白花花一躺一片如晾在了岸滩上的鱼。慈禧西逃来的时候，为了祛热，派人从太白山取雪化水盛在屋中缸里，如果现在没有了空调，市府的官员们就得如过去一样坐水瓮断案了。树是越来越少，鸟愈飞愈稀，从春到秋从夏到冬，能听到的是声声紧迫的如哭如泣的猫的叫春。近年来有一句民谣：不到北京不知道自己官小，不到上海不知道自己钱少，不到海南不知道自己身体不好。一个城市有一个城市的特点，如果说那一句以"你不像上海人"来评价上海人好的话是对上海的不恭，那么，说西安就不该是城，西安人是不太生气的，他们甚至更愿意保留下旧城重新在别处再建一个新的西安！

　　我一直有个看法，评价历史上任何人物是不是伟大的，就看他能不能带给后人福泽。因此，秦始皇是伟大的，武则天是伟大的，释迦牟尼伟大，老子也伟大，还有霍去病、司马迁。

只要到临潼的秦兵马俑馆、乾陵、法门寺、楼观台、黄陵和延安去看看，不要说这些人物给中国的发展作出了多大贡献，为中国增加了多少威望，也不要说参观门票一日能收入多少，单旅游点四周连锁而起的住宿、餐饮、娱乐的生意繁华，就足以使你感慨万千了。一个城市的形成，有其人口、建筑、交通、通讯、产业、商业、金融、法律、管理诸多基本要素，但人的精神湖泊里的动静聚散却是仍需教化导向的，宗教就这样从天而降，寺庙也由此顺天而建。西安之所以是西安，它就是有帝王的陵墓和宗教寺庙，一个在地下，一个在地上，民族传统的文化氤氲着这座古城。据史料记载，唐长安城坊佛寺有一百四十四座，道观有四十一座，至今保存的名刹古寺有大兴善寺、大庄严寺、青龙寺、净业寺、仙游寺、圣寿寺、感业寺、华严寺、慈恩寺、西明寺、荐福寺、罔积寺、香积寺、草堂寺、卧龙寺、法门寺、楼观台、重阳宫、八仙庵、东岳庙、西安清真大寺等等。中国佛教的十大宗派，除天台宗和禅宗外，其他八派都发祥于长安。富丽堂皇的殿宇内，壁画万象纷呈，慈恩寺塔西曾有尉迟乙僧画的湿耳狮子跃心花"精妙之极"，资圣寺东廊韩干的散马"如将嘶蹀"，王维在荐福寺作辋川图"山谷郁盘，云水飞动"，吴道子在菩提寺画的礼佛仙人"天衣飞扬，满壁风动"，而赵景公寺内有幅"地狱变"阴森可怖，凡是看过都"惧罪修善"，致使当年东西两市的鱼肉都卖不出去。名刹古寺里多有离奇的故事传颂，唐观中便有天女降临来观赏玉蕊花的事，连刘禹锡也写下了"玉女来看玉树花，异香先引七香车，攀枝弄雪时回首，惊怪人间日易斜"。法门寺里更有司礼太监九千岁刘瑾陪皇太后来降香，公断了宋巧姣一案，至今寺中还有双窝青石一方，据说就是当年宋巧姣告御状时跪诉冤情的地方。而"破镜重圆"的故事就发生在西明寺，西明寺原是唐隋越国公杨素的住宅，后因其子谋反被没收为官有。杨素当红时，陈后主的三妹下嫁给陈太子的舍人徐德言为妻，当陈破亡之际，徐与妻言：今国亡家破，必难相安，以你的才色，定入帝王或贵人之家。你我恩爱，生死永不相忘。乃将一面铜镜击破，各执一半，相约于正月十五在市中贷求，破镜重圆与否，即可知生死了。陈灭后，妻果被杨素纳姬，并宠幸无比，然而此姬依旧恋徐，正月十五日令奴婢持破镜至市求售，真的就遇上了徐德言，徐将重圆之镜及诗寄给陈氏，说：镜与人俱去，镜归人不归，无复姬娥影，空余明月辉。陈氏抱镜痛绝，不复饮食。杨素问明了缘故，惨然变色，长夜思考，终遣使召徐德言，将妻返还。

帝王陵墓和名刹古寺现在支撑着西安的旅游业，原本是清凉世界再难以清静，街上时常见到一些僧人道士，使市民们似乎觉得他们是上古人物而觉神秘，却也能见到一些僧人道士腰间别有传呼机，三个四个一伙去素食馆吃饭大肆谈笑而感到好奇。我曾一次去某道院想抽一签，才进山门，一脏袍小道即高声向内殿呼喊：生意来了！气得我掉头就走。但初一十五日庙观中的香火旺盛，而平日在家设佛堂贴符咒却仍是许多人家的传统。他们信佛敬道，祈祷孩子长大，老人长寿，仕途畅达，

老西安（节选）

173

生意茂盛，甚至猎艳称心，麻将能赢，殊不知佛与仙是要感谢的，通过自己的生命体验佛道以及上帝的存在而知道我是谁我应干什么。隋唐的时候，长安城里是有一个三阶教的，宣扬大乘利他精神，主张苦行忍辱，节衣缩食，救济贫穷，认为一切佛像是泥胎，不需尊敬，一切众生才是真佛，愿为一切众生施舍生命财物。开创三阶教的信行早死了，其化度寺也早毁了，但我倒希望现在若还有那么个寺院也好。

俗言讲，铁打的营盘流水的兵。城市何尝不是这样，尤其像西安这样的城。因看过国外的一份研究资料，说凡是在城市呆三代人以上的男人一般是不长胡须的，为了证实，我调查了数量相当的住户，意外地发现，真正属于五代以上的老西安户实在罕见。毛泽东有一句军事战略上的术语：农村包围城市，而西安的人口结构就是农村人进驻城市成为市民，几代后这些人就会以种种原因又离开了城市，而新的农村人又进住城市，如此反复不已。但现在是居住在城里的市民，从二三十年代开始，意识里就产生了偏见，他们瞧不起乡下人，以至今日，儿子或女儿到了恋爱时期，差不多仍是反对找城里工作原籍在乡下的对象，认为这些老家还有父母兄妹的人将来负担太重，而且这些亲戚将会没完没了地来打扰。即使是父母俱在城里的，又看不起北门外铁道沿线的河南人和说话鼻音浓重的已是城籍的陕北人，认为他们性情强悍、散漫，家庭责任心不强。其实，河南人在西安起源于黄河泛滥而来的难民，现已成为西安极重要的市民一部分。陕北人源于解放初期大量革命干部南下，这两个地区的人勤劳、精明，生存能力和政治活动能力极强。西安基本上是关中人的集中地，大平原的意识使他们有着排外的思想，这也是西安趋于保守的一个原因。

在我的老家商州，世世代代称西安为省，进西安叫做上省。我的父辈里，年轻的时候，他们挑着烟叶、麻绳、火纸、瓷器担子，步行半个月，翻越秦岭来西安做生意，生意当然难以维持多久，要么就去店铺里熬相公，要么被人收揽了组织去铜关下煤窑。更多的，是夏收时期来西安四郊当麦客。这些麦客都是穿一件灰不叽叽的对襟褂子，蹬一双草鞋，草绳勒腰，再别上一个布口袋装着一个碗和炒面，手里提着一把镰。他们在太阳如火盆一样的天底下，黑水汗流地为人家收割麦子，吃饭的时候，主人一眼眼看着他们吃，还惊呼着都是些饿死鬼嘛，一顿要吃五个馒头！麦客们或许来早了，来晚了，或许正逢着连阴雨，他们就成堆成堆聚在街头檐下，喝的是天上下的，吃的则瞧着饭馆里吃饭人有剩下的了，狗一样窜进去，将剩饭端着就跑。当然，罗曼蒂克的事就在万分之一中发生了，我老家村子里就有过，是北郊一个年轻的寡妇看中了她雇用的麦客，先是在麦垛后偷情，再后来堂而皇之入赘，麦客叼着烟袋住在炕上成为这家男掌柜了。那时的商州是种大烟土的，老家的人讲过去吸烟似乎很难上瘾，不像现在吸白面，一吸上就等于宣布家破人亡了。也有想在当地当土匪而来西安弄枪的，四十年代，商州的两股土匪真的都是因在西安偷盗过一支枪而回去发展起来的，也有一个在西安买通了部队的军需，购得了五支枪，而出城时被查出，结果被杀，脑袋挂在城东门口。

吸毒、赌博、娼妓在西安的三四十年代是相当严重的，一般的有钱人家过红白喜事，重要客人进门，先招呼上炕，炕上就摆有烟灯烟具。戏班子里的艺人，唱红了的多有烟瘾，台下面黄肌瘦，哈欠连天，吸几口上台了，容光焕发，精神抖擞。许多当局军政要员暗中都做烟土生意。至于嫖娼，开元寺的高等妓院由兵士站岗护卫，出入的都是军政界、商贸界、金融界有钱有势者，据说胡宗南就患有花柳病。我见过一位鸡皮鹤首的老妓女，她谈起来，最感荣幸的是曾经接待过胡宗南。

城市是人市，人多了什么角色都有，什么情况也出，凡是你突然能想到的事，城里都可能发生。西安城里流动着大量的农村打工者，数处的盲流人员集中地每日人头攒拥，就地吃住，堵塞交通，影响着市容。麦客在五月下旬就进城了，而贩菜的、卖炭的、拾破烂的沿街巷推车吆喝，天至傍晚，穿着露而艳的妓女撅着红嘴唇拎着小皮包就开始奔走各个夜总会和桑拿房去。我在戒烟所里采访那些烟民，一个美貌的少妇哭诉她的夫离儿散，最后竟气愤地求我代她控告那些贩毒者：他们卖给我的是假货，让我长了一身黄水疮！城市是个海，海深得什么鱼鳖水怪都藏得，城市也是个沼气池子，产生气也得有出气的通道。我是个球迷，我主张任何城市都应该有足球场，定期举行比赛，球场是城市的心理的语言的垃圾倾倒地，这对调节城市安稳非常有作用。城市如何，体现着整个国家和地区的综合实力，随着人类社会的发展，城市的拥挤、嘈杂、污染使城市萎缩、异化了。据有关资料讲，在 21 世纪，人类面临的危机不是战争、瘟疫和天灾，而是人类自身的退化，这个退化首先从城市引起，男人的精液越来越少，且越来越稀，以至于丧失生殖的能力。我读到这份资料时，是一个下午，长这么大还没有什么事能让我感到那么大的恐惧，我抱着我收藏的恐龙蛋化石呆坐屋中，想恐龙就是从这个地球上渐渐地消失了，一个时代留下来的就只有这变成石头的蛋体了。我把我的恐惧告诉给我的朋友，朋友无一例外地嘲笑我的神经出了问题，说，即使那样又能怎么样呢，满世界流传查尔诺丹的大预言是 1999 年 7 月地球将毁灭，7 月马上就到了，那就该现在不活了吗？朋友的斥责使我安静下来，依旧一日三餐，依旧去上班为名为利奔忙活人。说实话，自 1972 年进入西安城市以来，我已经无法离开西安，它历史太古老了，没有上海年轻有朝气，没有深圳新移民的特点。我赞美和咒骂过它，期望和失望过它，但我可能今生将不得离开西安，成为西安的一部分，如城墙上的一块砖，街道上的一块路牌。当杂乱零碎地写下关于老西安的这部文字，我最后要说的，仍然是已经说了无数次的话：我爱我的西安。

老西安（节选）

# 犁铧，耕耘着宫阙

□ 雷抒雁

我静静地躺在中都古城的断垣上。

这是秋天，又是黄昏，无力的残阳，在断垣残砖上涂抹着血色。那些波光闪闪的水面，曾是这中都紫禁城的护城河，如今被切成一方一方湖泊，暮色中晃动着蓝的、黄的和红的旗帜。

这便是那位乞食和尚做了皇帝之后在凤阳这偏僻穷困的土地上兴建的都城么？人们只知道北京的故宫，岂不知北京故宫只是它的一件极其简陋的复制品！

"那里是东华门，那里是西华门！"我注视着那些坍塌的城门，在心里猜想着。北面那座山该是"万岁山"了，那山的位置差不多就像北京故宫后边的景山。要是当初不迁都北京，那条吊死明朱王朝的绳子也许就会挂在这"万岁山"上。

午门，正在我的脚下，城楼已荡然无存，荒草里，只有一个个被风雨洗得发白的石础。社坛、太庙、承天门、金水河、洪武门以及圜丘，依次从午门向南排去。这些宏伟的建筑，这些曾经神圣得不许百姓涉足的禁地，如今都已成泥，或者堆着粪土，或者翻着泥浪，青青的、针锋般的麦苗正显示着旺盛的生命力。

近处，有农夫斥牛的声音。我循声走下城垣，只见一位农夫正扶着耕犁在耕作。那里曾是太和殿，中和殿，还有宫妃们的寝宫？我猜想着。农夫只低着头认真地看着脚下的犁沟，一声声呵斥着疲惫的牛。也许他想趁着傍晚，多犁几垄，然后回家。他知道，妻子和子女已备好香喷喷热腾腾的晚餐，正期待他的归去。

我想，他也许不曾想过他的犁铧是怎样在那里翻动着历史的，那一排排整齐的土浪，便是一页页翻开的史册！他不时地弯腰把一块块残砖破瓦捡出来，吃力地扔到路边。我随手拾起一块，擦净泥土，竟是黄灿灿的瓦当。尽管已经残破，但那张牙舞爪的龙纹，却极其生动和优美。算算时间，该是600多年前工匠们的手艺了。当初，军士、工匠、南方的移民、北方的罪犯、各府县的民夫、役夫……足有"百万之众"，在这一片土地上烧砖、琢石、雕木、画栋、砌墙、筑城，为朱元璋构筑"万世根本"的帝王梦！那景况使人联想到古埃及修建金字塔。

犁铧，耕耘着宫阙

你似乎还能听见督军、工头呼啸的皮鞭声，恶毒的斥骂声……

"虎踞龙盘圣祖乡，金城玉垒动秋芳。"御用文人们却不失时机地献上阿谀之辞。然而，就在那些华丽建筑的近旁，堆积着苦役们的尸骸；凤阳花鼓梆梆地敲响着，滴着逃荒者的血泪。一场噩梦在这块土地上延续了多少个世纪！

我久久地望着耕田的农夫。我不知道他是否会唱花鼓，是否也有过逃荒的历史，也不知他的家人有无因饥饿而非正常的死亡者。他只专心耕田，似乎一切希望都在这泥土里。

我轻轻抚摸着手里那块黄龙瓦当，似又看见那位贫困的和尚，当土地使他绝望之后便离开土地去寻找新的命运；终于当了皇帝，在这片土地上盖起如云的宫阙。可是，他忘了正是这贫苦农民的血凝聚而成的建筑，使更多的人对土地绝望！

推倒重来！历史有时也像一场游戏。那些豪华的建筑，如同海市蜃楼，又悄然逝去。焚烧在义军愤怒的烽火里；坍塌在无情的风雨里；然后，覆没在锋利的犁铧下！留下的，依然是生长野草、生长五谷的土地，如同重新构思生活的稿纸铺展在农民的面前。那些宫殿和城垛上的巨砖，都斑驳着杂色，被砌进屋舍，或被砌成猪栏和茅厕。贫困恶毒地嘲弄着古老的文明；文明断裂成我手上残缺的黄龙瓦当以及这些不成条理的思绪。

暮色更深。犁田的农夫不知何时已归家了。我信步走着，随意伸手从路边折一根枯黄的茅草含在嘴里。一种野草的清香苦丝丝的，杂成一种奇怪的滋味，随着口水缓缓流进心头。

# 袁崇焕无韵歌

□ 石 英

## 一

袁崇焕！

三百多年前的历史曾经呼唤的一个名字；抑或是这个名字在呼唤历史。

呼唤那片被铁蹄践踏得破碎的历史，呼唤那被硝烟模糊得面目全非的历史，呼唤那备受屈辱而又不甘屈辱的历史，呼唤那被扭曲而仍在拼命挣扎的历史。

他站了出来：

从闽西北邵武县衙堂木声中站起来，从父老北望的忧患目光中站起来。

当封疆大吏尽皆股栗拱手请降的时刻，当辽东名将迭遭败绩敌焰正炽的时刻，你站出来干什么？难道你不知道自己只是一个官微职卑的六品县令？

你毫不理睬一切睥睨，也似乎对世俗的喊喳充耳不闻，携请缨印信，大步登上宁远城楼，一炮将不可一世的努尔哈赤打下马来，威慑皇太极竟至仓皇失措！

兵还是那些兵，饷还是那些饷，身后仍是那个朽如槁木的明王朝，面对的仍是那伙杀红了眼的后金骠骑恶煞，为什么，为什么你一来，形势就顿时改观？为什么你不但不怵，还试图将拟就草稿的历史重新改写？

古人云：文以气为主；作为一支军队，一个真正的人，又何尝不是以气为主？

人！！！

## 二

对于古人，也是一种声音。

有些明公评论家站出来发言高论：袁崇焕尽管大智大勇，可惜用得不当，殊不知明王朝暮霭沉沉，清王师杲日东升，袁崇焕不识时务，以卫护腐朽生产力代表而抗拒先进生产力，岂不是逆潮流而动？

什么？什么？

哦，明白了，他是在为古人深表惋惜：如明知之人，倒戈随清，岂不博个封侯之位？

荒唐，如袁公地下有知，当挺身破穴，指斥这类明公引路人。

明王朝固然腐败透顶，清军难道就是仁义之师？疯狂掠夺，恣意践踏，难道就是先进生产力的代表？

袁崇焕那颗心是一个发光体，他所率领的那支孤军奋战的军队，是一道新长城，在这颗心和这道长城后面，是食不果腹衣衫褴褛的平民百姓，是荒旱经年奄奄一息的田禾。

当不少同僚都俯首哀恳，露出奴性本相时，他以大炮发言：此路不通！

不能要求他不打着忠于皇帝的旗号，假如不打，恐怕他最亲信的部下也会把他诛杀。

痛哉！

# 三

善者未必善报。

袁崇焕以其丰功伟绩之身反遭碎尸之祸。

固然是由于崇祯听信了清方散布的所谓通敌谋反的谣言，可是，真正的祸根究竟在哪里？

虚弱与凶残是孪生姊妹，崇祯是这两种心理的杂交胚；猜

袁崇焕无韵歌

疑与阴谖一见钟情。崇祯与多尔衮既是死敌又是恋人。

统治者只是利用忠臣良将，而永远不会相信他们，他们真正信任的只能是佞臣阉党，扭曲的心理最需要畸形人的谄笑来滋润。

袁崇焕与其说死于最残酷的凶器，不如说是死于人与人之间可能的由极端妒恨导致的虐害狂。

他碎尸了，却恰恰又最后完成了自己的形象；他作为用来呼吸的一息终断了，但胸中秉有的那股人间正气却冲天而起。这样，便使他能与文天祥这样的志士仁人在高天烈云间握手。

凡能以浩然正气感召人心，启人前行者，当然应是先进生产力的代表。

历史上这样的人也许很多，但从另一种意义上说，又太少了！

# 春风满洛城
## ——考古游记之二

□ 郑振铎

　　去年三月二十六日午夜，我从西安到了洛阳。这个城市也是很古老的，又是很年轻的。工厂林立在桃红柳绿的春天的田野里，还有更多的工厂在动土、在建筑。但古老的埋藏在地下的都市也都陆续地被翻掘出来。从周代的王城、汉代的东都，直到诗人白居易、历史学家司马光他们的遗迹，全都值得我们的向往和注意。这个古城的东郊，是白马寺的所在地，那是相传为汉明帝时代，白马驮经，从印度把佛教经典初次输入中国时建立起来的第一个佛教寺院。今天，山门的两座穹形门洞，其上嵌着不少块汉代的石刻（是取当地出土的汉代石刻而加以

春风满洛城

185

利用的，据说明朝人所为），其四围墙角，也多半使用汉砖、汉石砌成。可以说是世界上十分阔绰的一个寺院了。寺内古松苍翠，至少已有三五百年的寿命。大殿里的几尊古佛、菩萨的塑像，古雅美丽，当是元代或明初之物，甚至可能是辽、金的遗制。再往东走，乃是李密城，即金村遗址所在地，在那里曾出土了七十多块古空心墓砖，五十年前曾经震撼了一世耳目。那扑扑地向天惊飞的鸿雁，那且嗅且搜索地、威猛而稳慎地前进捕捉什么的猎狗，那执杖前行的老人，那手执竹简而趋的学者，那相遇而揖的两个行人，都将二千多年前的艺术家的现实主义的表现力，活泼泼地重现于我们的眼前。这全部墓砖，现在陈列于加拿大的博物院里，但我们是永远地不会忘记它们的。还有好些绝精绝美的战国时代的金银镶嵌（即金银错）的铜器，特别是那面人兽相搏的古铜镜，成为世界上任何博物院的骄傲。可惜，包括那面古镜在内，绝大多数都不在国内。

除了帝国主义者们长久地在洛阳掠夺出土古物之外，解放后的几年之内，才开始做着科学的考古发掘工作。这是一个"无牛眠之地"的几千年的古墓葬、古遗址的累积地。单是1953年到1955年，就发现了六千多座墓藏，其中有一千七百三十八座已经加以发掘。古遗址也已发现了两处。所得的古文物，从仰韶时期的彩陶、龙山时期的黑陶，到汉代的大量遗物，成为临时博物馆，周公庙里的辉煌的陈列品吸引了许多游人的注意与赞叹。

我走在大道上，春风吹拂着，太阳晒得很暖和，就看见工人们在使用"洛阳铲"钻探古墓。就在那大道上，发现了一个汉代的砖墓和一个较小的土墓，我都跳下去考察一番。在农民们打井挖渠的时候，也出现了不少古墓。在新开辟的金矿公路上，有一个大汉墓，中有壁画，还保存得不坏。我也去看过。在新鲜的春天的气息里，嗅得到古代的泥土的香味，但随地有古墓的事实却引起了从事建设工作的担心。有一个干部宿舍，把两个床陷落到地下的古墓中去了，幸未伤人。新建的水塔，倾斜得很厉害。压路机掉落到七米多深的大墓里去。有此种种经验教训，建设部门才知道非清理好地下的古墓葬，便不能在地上进行建设，因之，也便加强了和考古部门、文化部门的合作，因此，便处处出现了"洛阳铲"的钻探队。这是完全必要的。不清理好地下的，便不能建设好地上的。这道理已经是建设部门所"家喻户晓"的了。但有不相信这道理，一意孤行鲁莽从事的，没有不出乱子。最深刻的教训，就是那些地方工业系统的打包厂、砖瓦厂、纺纱厂等等。

在周公庙看到的好东西多极了，也精彩极了，往往是前所未见的。像一面出土于唐墓的嵌螺钿的平托镜，那镜背上的图画，精丽工致的程度，令人心动魄荡。可以说是一幅《夜宴图》。月在天空，树上有凤凰，有鹦鹉，树下有池，池上有一对鸳鸯，相逐而行。还有两位老者，席地而坐，一弹阮咸，一持杯欲饮，一双鬟侍立于后。这面古镜远比日本正仓院所藏的同类的唐代物为精美。

二十八日，到龙门去。这是值得在那里停留十月、八月，或一年、两年的时光，应该写出几本乃至几十本的专书来的一个伟大的古代艺术宝库。这里只能简单地说一下。龙门的佛像多被帝国主义者们盗去，但存在于各洞里的大小佛像，仍有二万尊以上。西山区以潜溪洞、新洞、宾阳三洞、双窑南北洞、万佛洞、老龙洞、莲花洞、破窟、奉先寺、药方洞及古阳洞为最著。宾阳洞被剜斫下去，盗运出国的两方著名的浮雕，即北魏时代的皇帝礼佛图和皇后礼佛阁，斧凿的遗痕犹在，令人见之，悲愤不已！那些保存下来的石雕刻，表现了从北魏到唐代的各时期的雕刻家们最精心雕琢出来的伟大的精美的艺术品，成为中国美术史上最辉煌的若干篇页。我站在若干大佛像、小佛像的前面，细细地欣赏着，只感到时间太短促了。有人在搭木架，以石膏传摹若干代表作下来。但愿有一个时候，在北京和其他地方也能看到这些最好的中国雕刻的石膏复制的代表作品。

经过一座横跨于伊水上的草桥（这草桥到了水大时就被冲断，东西山的交通也就中断了），到了东山区。以擂鼓台、四方千佛洞为最著。十多尊的罗汉像，神情活泼极了，在国内许多泥塑木雕的罗汉像里，这里所有的，是最古老的，也是最庄严美妙的。东山区的石洞，中多空无所有，破坏最甚。有几个石灰窑，在万佛沟里烧石灰。幸及早予以制止，免于全毁。

东山的高处是香山寺，现已改为某干部疗养院。徒然破坏了这个重要的名胜古迹，而绝对解决不了疗养院的房屋问题。且山高招风，交通时断，实也不适宜于做疗养地。在山上走了一段路，到了诗人白居易的墓地，墓顶还有纸钱在飘扬。清明才过，白氏子孙住在山下者，刚来上过坟（听说他们年年都上山上坟）。黄澄澄的将落的夕阳，照在黄澄澄的墓土上，站在那里，不禁涌起了一缕凄楚的情思。

二十九日，去访问东汉时代的太学遗址。这座太学，在其最盛时代，曾经有六万多学生在那里上学。到今天为止，恐怕世界上还没有比它规模更宏伟的一座大学。但这遗址，知道的人却不多。我们渡洛河，过枣园，沿途打听，将近二小时，才到达朱圪瘩村。一路上时见地面有烟雾似的尘气上升，飞扫而过。有人说，这就是庄子所谓"野马也，尘埃也"的"野马"。一位李老者引导我们到遗址去。显著地可看出是一大片较高的地面，许多农民正在辛勤地打井。我问他们："有发现石经的碎片么？"他们说："近半年来已打不出了。"他们人人都知道《石经》，发现有一二个字的碎块就可以卖钱。过去男男女女，老老少少，在农闲的时候就去挖地寻"经"。民国十八年（1929）时，在黄氏墓地上出土过晋咸宁四年（278）的"皇帝重临辟雍碑"。李老者领我们到这块地上去看。他说，还有《石经》的碑座散在各村呢。我们在朱圪瘩村见到一座，在大郊村见到三座。这些碑座底宽二尺三寸四，长三尺六寸，厚一尺九分。有中缝，深三寸，宽五寸又二分之一。此当是汉三体《石经》的碑座，应予以保护保管。"辟雍碑"也在大郊村，侧卧于地。我找了村长来，要他好好地保护这座碑，并建筑一座草屋于碑上。

　　下午，到倒塌掉的砖瓦厂去查勘。在这个砖瓦厂的范围里，周、汉、宋墓密布，一受大批的砖瓦的巨人重量的压力，即纷纷下陷，以致停工不用。大洞深陷的大周墓和弄塌的窑穴，互相交错着。见之触目惊心。这是"古"与"今"同受其祸的盲目地动土的活生生的大榜样。

　　入邙山，登其峰，见处处白纸乱飞，皆是清明时节，子孙们来上坟的余迹，坟上套坟，不知有几许历代的名人杰士、美女才子，埋身于此。有大冢隆起于远处，有如一个大平台，乃是一座汉帝的陵墓。邙山西起潼关，东到郑州，南北阔达四十里，直到黄河边上。山上均是大大小小的古今墓葬。北邙山在洛阳之北，乃是百年来有名的出土陶俑和其他古器物的所在地，大部分精美的古代艺术品都已出国。发掘之惨，旷古未闻。解放后，此风才泯绝。

　　洛阳市的建设规划，即如何在这个古老的城市里进行新的大规模的建设，不破坏或少破坏古墓葬和古代遗址，并如何好好地保护它们，使在崭新的林立的工厂当中，保存着特殊的非保存不可的古墓葬和古代遗址的问题，正在研究讨论中。正像西安市一样，"新"和"老"，"古"和"今"，在洛阳市也一定会结合得十分好的。

　　龙门石窟，必须坚决地大力地加以保护。有三个大问题，必须尽快地予以解决。一、龙门煤厂，在西山区石窟附近开采，必须立即制止。绝对地要防护龙门石窟的安全和完整。这事，市委会已经注意到，并筹划到了。二、龙门石窟的洞前大车路，要予以改道。否则，各洞里常会有人在内住憩，很难防止其破坏或污损。这条改道的大车路，也已在计划中。河水常常要漫涨到这条大车路和下层的石洞里去，为害甚大，应该乘此修路的时机，于河边加筑石坝。三、各洞窟之间，应该开凿道路互相通连。山上开要建筑石墙，以堵住山洪、雨水的流下；奉先寺尤需急速修整，以防大佛像的继续风裂。这些，都需要有关部门共同加紧进行的。东西山区仅靠草桥交通，也是很不方便的。已毁了的桥梁，应该早日修复。

1957 年 2 月。

春风满洛城

191

# 郑州，殷的故城
## ——考古游记之三

□ 郑振铎

郑州是一个四通八达的交通要道，也是河南省的政治中心。自从河南省人民委员会由开封迁移到郑州以后，这个又古老、又先进的城市就开始大兴土木。在处处破土动工的当儿，发现了不少古文化遗址和古墓葬，特别是以殷代的遗存物为最多。二里岗是新建筑的重点地区，建筑任务，急如星火。曾在那里发现一片有字的牛骨，接着又发现了殷代的烧瓦器的窑址，炼铜和制造青铜器的工场，接着又发现了殷代的制造骨器的工场。二里岗这个默默无闻的地方，顿时变得举世皆知。当时我们曾使用了一部分专家的力量，到那里从事发掘工作。但随着发掘工作的进行，建筑工程也随着在填土砌墙。没能坚决地把那些在学术研究上有重要价值的殷代遗址保存下来，只是把现场情况做了模型，并把遗存物全部取了出来而已。这是科学界的一个绝大损失！至于发现的殷代的大批墓葬，则更是随着这个城市的建设的发展，而即时发掘，即时填坑。

过了不久，更重要的消息来了，说是发现了殷代的城墙。这个远古的城墙遗址是相当于《荷马史诗》所歌咏的特洛伊古城的，是相当于古印度的摩亨杰达罗遗址的。在中国，恐怕是一座最古老的城墙的遗存了。是这个大消息，引动我到郑州去。

三月三十日上午，从洛阳到了郑州。下午，就偕同陈建中同志等，到白家庄看那个殷代的城墙。这座城墙曾被白家庄作为寨墙的一部分，原来展开得很远，乃是一个可测知的三千多年前的大城市。但后来经过取土或拆毁，现在只保存着几十丈长的两段。就在那么一眼所及的古城址上，看到了那夯土堆砌得层次分明的城墙，每个夯眼（即打夯时的遗痕）都十分的明显。有一个特点，那夯眼很小，比起西安汉城的夯眼来，显得小得多了，可肯定的是属于更早的时代的遗迹。城墙之上，有若干殷代的墓葬，打穿了城头，可见这城墙乃是殷代的，甚至是更早期的。在那个遗址里，古代陶片俯拾皆是。龙山期的陶片也出土得不少，曾经出土过属于龙山期的一个瓦鬲，陶质薄而精致，有柄，有流。在殷代遗址里，也发现过同类型的陶器。这个遗址的时代问题，值得更加仔细的探索，但至晚是属于殷代的遗存，那是没有疑问的。

我们在这座古老的城墙的四周走着，又走上这座古城的城头。太阳光很大，但并不猛烈，天气很令人觉得愉快。时时俯下身去，捡拾些破碎的古陶片。我们决定：这一部分的城墙，绝对不能允许有任何的破坏了，应该立即设法，积极地、周到地保护起来。

为什么郑州这个地方会有那么重要的殷代的文化遗址和大批殷代墓葬呢？在古书上没有提到过这个地方是殷代的故城。只知道郑州是"管城"故城，周初管叔封于此。《史记·殷本纪》说，周武王灭殷后，封纣"子武庚禄父以续殷祀"。"周武王崩，武庚与管叔、蔡叔作乱。成王命周公诛之，而立微子于宋以续殷后焉。"同书《周本纪》也说，武王"封商纣子禄父殷之余民。武王为殷初定未集，乃使其弟管叔鲜、蔡叔度相禄父治殷"。又说："管叔、蔡叔群弟疑周公，与武庚作乱畔周。周公奉成王命，伐诛武庚、管叔，放蔡叔。以微子开代殷后，国于宋。"当时周武王封管叔、蔡叔时，一定是就殷故地封之的，故有"相禄父治殷"之语。今郑州既为管城故城，也就是管叔"相禄父治殷"之地，可见郑州乃是当时很重要的一个殷城。我们在郑州发现了许多殷代的文化遗存，是不足怪的。

接着到郑州文物清理队，看他们的陈列室和仓库。他们在短短的清理工作时间里，就获得了很大的成绩，不仅殷代的墓葬，战国到唐宋的墓葬也发掘、清理了不少。在他们的院子里，就堆存了不少大的空心墓砖，有的是从战国墓里得到的。

砖上的图案，以几何文的为最多，但也有人物图像和建筑图样的。

最重要的是殷代的种种遗存物。殷代的冶铜设备和遗址的模型，使我们看了益感到把这么重要的殷代冶铜工场毁坏了，实在是一件莫大的遗憾。制骨器的工场，也只是存留了些骨器的原料和半成品而已。骨器的原料，分为人骨、鹿骨、牛骨，各放一处，不相掺杂，且也把可用的材料拣选齐整。像这样的大作坊，如果不是属于一座大城市，便不可能存在的，还见到一只殷代陶虎，也是极不多见的。在殷城附近，曾掘出了殉葬的犬坑九个，每坑里，少者有犬十余只，多者有犬三四十只，可能有大墓在其附近。一只犬架上还附着金片若干，这是唯一的可见的犬身上的饰物。用犬做殉葬的墓葬，在安阳也有发现。可见这是殷代的风俗之一。

在清理队附近有一座宋代墓葬，遗存物已空，而墓的建筑却还保存得很好，可作为宋墓建筑的标本。在这一带地区，也有殷代的文化遗址。不能再听任破坏下去了，要坚决地予以保护，不可一掘就算了事。

三十一日上午九时，冒着蒙蒙细雨，到铭功路（杜岗）工地看刚发掘、清理出来的几个殷代墓葬。就在大路之旁，就在立将填坑平土、进行建筑的工区。一个是孩子的墓，一个是成人的墓，二墓的人架均在，成人的骷髅头旁，还放着一只碧玉簪。有两个墓已经清理完毕，遗存物和人架都已取出。在一个墓里得到过青铜器（小鼎），墓的下面发现有殉葬的犬架。这里也发现过殷代人民的居住区，还有窑址，但全都在急急忙忙的配合基建的工程里给"平整"掉了。那个地区将建筑一所中学，为了下一代的教育而毁坏掉可以作为下一代教育的具体生动的历史、文化资料，这是合理的么？至于为了建筑一所饭店、一个招待所、一座办公大楼，甚至为了盖某一个机构的厨房，而大量毁坏了殷代文化遗址、居住遗址，乃至极为珍贵的殷代的制造骨器工场、冶铜工场，也岂是合理的么？不可能再在别的地方见到或得到的比较完整的殷代冶钢工场，制造骨器工场，如今是永远地消失无踪了！就在我们眼前，就在我们这一个时代，从地面上消失了去！这悲愤岂是言语所能形容的。我站在这个殷代的文化遗址上，心里感到辛辣，感到痛苦，眼眶边酸溜溜地像要落下泪来。只怪我们没有坚决地执行国家政策法令；只怪我们过于迁就那些过分强调不大重要的基建工程的重要性，而过分轻视或蔑视先民的文化遗存物的人的主张！所有造成这种不文明的毁坏，我们是至少要负一半以上的责任。为什么斗争性不强呢？为什么不执法如山呢？为什么不耐心用力，多做些教育说服工作呢？

有了这样的一场惨痛入骨的经验，遇事便不应该再那么糊涂地迁就下去了。

就在大道旁，有新建的一座人民公园，规模很大，这个地区也便是殷代文化遗址的一部分。据说是为了保护这遗址，建筑公园是再保险不过的，因为不进行基建，不盖房子，不大动土（即使动土，也不会很深），遗址当然会保存得住。但我一

196

走进这所公园的大门，就知道有些不大对头，满不是那么一回事。有好些清理队工作人员，搭盖了田野工作时所用的几座篷帐，在那里紧张地工作着。此时，雨点大了起来，淅淅沥沥地有点像秋天的萧索之感。他们不能继续在工地上工作，都躲到篷帐里来。我们也在一座篷帐里休息着。

"有什么新发现的东西么？"陪伴着我们的赵君问道。

"又清理了几座殷代墓，出土了不少东西。"一个人指着堆在旁边的陶器等等说道。

我的心情就同天气般的阴暗。原来这个公园，动员了青年人，在挖一个青年湖。好大的一片湖，也就正在这殷代的文化遗址和墓葬的所在地方，而清理队的工作人员们便不得不移到这里，配合挖湖工作的进行，而急急忙忙地在发掘、在清理着。所谓建了公园便会保护得好，便不会破坏的话，也便成了"托词"或"遁词"。

开元寺的遗址，现在成了郑州市医院的分院，我们看见在这个医院的院子里，还危立着两个经幢。一个是唐武宗会昌六年（846）所立的道教经幢，上面刻的是"度人经"。像这样的道教经幢，在全国是很少见的。会昌灭法，不知毁坏了多少佛教艺术的精英，却只留下了这个道教经幢，作为活生生的见证，可叹也！另有一座尊胜经幢，是后晋天福五年（940）所立的。这座经幢上所刻的飞天及其他浮雕，都很精彩。我们说："这两个经幢都很重要，要好好保护着。"医院里的人点点头。

晚上，和陈局长们谈保护河南省和郑州市文物古迹事，谈得很多，我们有信心和决心要做好这个保护工作。

郑州是有关古史研究的一个新的领域，必须更加仔细、更加谨慎小心地从事基建和考古发掘工作，不能再有任何粗率的破坏行为了！

1957 年 3 月。

# 昭君墓

早晨刚给你一信，现在又要给你写信了。

上午九时半早餐后，出发游昭君墓。墓在绥远城南二十里。希白、雷小姐他们都骑马去。我因为没有骑过马，只好坐骡车。车很干净，三面皆为黑色的纱窗。但道路崎岖不平，车轴又无弹簧，身体颠簸得厉害。两只手紧握着车窗或车门，不敢一刻疏忽。一疏忽，不是头被撞痛，便是手臂或腿部嘭的一声，被撞在车门上。有时，猛烈一撞，心胆俱裂，百骸若散。好在车轮很高，相距亦阔，还不至演出覆车的危险。有马队四人，带了手提机关枪，来保护我们，因为前日城内出过抢案。骡夫走得很慢，骑马的人不时的休息下来等着我们。十时

199

三刻，才到小黑河。水不深，还不到尺。十一时一刻，到民丰渠。浊流湍急，不测深浅，渡河时，人人皆惴惴危惧。一个从者的马匹倒了下去，骑者浑身俱湿。幸渠身不大宽，河水也至多只有两尺多深。大家都不曾再出危险，骡车也安稳的渡过。据说，春时，汽车可达。此时水深，除马及骡车外，无法渡过。十一时三刻到昭君墓。墓甚高，据说有二十丈，周围数十亩。土色特黑，草色青翠，多半是香蒿，高及人腰，香味极烈。墓前列碑七八座，最古者为道光十一年（1831）长白昇演所书之"汉明妃冢"及他的碑阴的题诗。次有道光十三年（1833）长白珠澜的碑，次有戊申年耆英的碑。此外皆民国时代的新碑。民国十二年（1923）立的马福祥的墓碑云：

> 《辽史·地理志》："丰州下则日青冢，即王昭君墓。"据此则昭君墓之在丰州，已无疑义。又考清初张文端《使俄行程录》云：归城化南直书有青冢，冢前石虎双列，白石狮子仅存其一，光莹精工，必中国所制，以赐明妃者也。又有绿琉璃瓦砾狼藉，似享殿遗址。

民国十九年（1930）冯曦的一碑，最为重要：

> 岁庚午，清明后十日，海础李公召集军政各长议定植树冢右。始掘土，获梵文经卷，随风湮灭。既而

石虎、木柱现，而零星璃瓦，碧苔叠篆，犹不可更仆数。知古人于冢有实右大招提在。

冯氏所推测的大致很对，张氏所云，享殿遗址，必是大招提的遗址无疑。"中国所制，以赐明妃者也"，语尤无根。唯清初已破败至此，则此遗址至晚必为辽金时代的遗物。惜未获碑文，无从断定。但此冢孤耸于平原上，势颇险峻，如果不是古代一个瞭望台，则也许是一个古墓。至于是否昭君之墓，则不可知了。他日也许能够发掘一次以定之。此望台或古墓的时代当较右有的庙宇为古。石虎一只，今尚倒在田垄间，极粗朴，似非名贵之物。昭君墓，包头附近尚有一座（闻西陲更有一座）。依常理推之，汉时绥归（归绥），尚为中土，明妃决不会葬在这个地方的。但青冢之说，唐人的《王昭君变文》里已提及之，有"青冢寂辽，多经岁月"的话。元人马致远有"沉黑水明妃青冢恨，破幽梦孤雁汉宫秋"一剧，黑水青冢，皆见于此。冢南的大黑河殆即所谓黑水，其后明人的《和戎记》《青冢记》诸传奇也都坐实青冢之说。究竟有此富于诗意的古址，留人凭吊，也殊不恶。休息了一会，即登冢上。仅有小路，沿山边而上，宽仅容足，一边即为壁立数丈的空际。"一失足成千古恨"，走时，很小心。半山有极小的大仙祠一所。据说，中为一洞，甚深。从前游人们常从大仙借碗汲水喝，今已不能借到了，闻之，为之一笑。冢上白土披离，似为雨冲刷的结果。仅有此方丈之地不生草，四边仍为黑土及绿草。南望，即大黑河，今已枯浅。北望大青山脉，绵延不断，为归绥的天然屏障。西北方即归绥的新旧城所在。太阳光很猛烈。徘徊了一会，方下山。在碑阴喝水，吃轻便的午饭。我先坐骡车走。骡夫说，青冢一日有三变，一变似馒头，再变为盖碗，第三变则他已忘记了。骡夫为一老头儿，他说，现年五十六岁，十余岁时已业此，至今已四十余年了。他慨叹的道："前清的生意好做，民国时是远不如前了。洋车抢了不少生意去。"他似对一切新事物都抱不愤。有自行车经过，骡为所惊，他便咒诅不已。他又说："这车已经三天不开张了。"我问他："是你自己的车么？"他说："不，我替人赶的，买卖实在不好做。每月薪水二元，吃东家的，有时，客人们赐个一毛五分的。东家一天得费五毛钱养车，净赔，卖了也没人要。从前有七八百辆，如今只存二百九十多辆了。"他脸上满是烟容，我问他："你吃烟么？"他点点头。"一个月两块钱的工钱，如何够吃烟？"他道："对付着来。"

骡车在入城的道上，因骡惊，踢翻了一个水果担子。他道："不要紧，我赔，我赔。"结果赔了一毛钱。他似毫不容心的，还是笑着。水果贩子还要不依，我阻止了他。骡夫却始终从容而迂缓，若不动心的。等到回到公医院，我给了三毛钱的赏钱。

"是给我的么？"他有点惊诧。

"给你做赏钱。"

他现了笑容，谢了又谢，显出感激的样子。

这可爱的人呀！世事在他看来，是怎样简朴而无容思虑。

回望昭君墓，仅见如三角台形似的一堆绿色土阜。同行的王副官说，这青冢，冬天草枯时，也并不显出土色，远望仍是青的。

这一天实在是太辛苦了。为了这么一个土阜或古墓，实在不值得写这封信，但又不能不对你诉苦。双腿为了支配的不得当，或盘膝，或伸直，直被颠簸得走路都抬不起来，软软的好像大病方愈。

最后，还有一件事要说。到昭君墓去的途中，见有不少德政碑。又有禧神庙一所，在路右，已破烂不堪，为乞丐们所占据。然在门外望之，神像虽已不存，而两壁的壁画颇佳，皆清代衣冠，作迎亲送亲的喜祥之进行队，是壁画中所仅见者。

                八月十六日下午六时发。

# 我是扬州人

□ 朱自清

　　有些国语教科书里选得有我的文章，注解里或说我是浙江绍兴人，或说我是江苏江都人——就是扬州人。有人疑心江苏江都人是错了，特地老远的写信托人来问我。我说两个籍贯都不算错，但是若打官话，我得算浙江绍兴人。浙江绍兴是我的祖籍或原籍，我从进小学就填的这个籍贯；直到现在，在学校里服务快三十年了，还是报的这个籍贯。不过绍兴我只去过两回，每回只住了一天；而我家里除先母外，没一个人会说绍兴话。

　　我家是从先祖才到江苏东海做小官。东海就是海州，现在是陇海路的终点。我就生在海州。四岁的时候先父又到邵伯镇做小官，将我们接到那里。海州的情形我全不记得了，只对海州话还有亲热感，因为父亲的扬州话里夹着不少海州口音。在邵伯住了差不多两年，是住在万寿宫里。万寿宫的院子很大，很静；门口就是运河。河坎很高，我常向河里扔瓦片玩儿。邵伯有个铁牛湾，那儿有一条铁牛镇压着。父亲的当差常抱我去看它，骑它，抚摩它。镇里的情形我也差不多忘记了。只记住在镇里一家人家的私塾里读过书，在那里认识了一个好朋友叫江家振。我常到他家玩儿，傍晚和他坐在他家荒园里一根横倒的枯树干上说着话，依依不舍，不想回家。这是我第一个好朋友，可惜他未成年就死了；记得他瘦得很，也许是肺病罢？

　　六岁那一年父亲将全家搬到扬州。后来又迎养先祖父和先祖母。父亲曾到江西做过几年官，我和二弟也曾去过江西一年；但是老家一直在扬州住着。我在扬州读初等小学，没毕业；读高等小学，毕了业；读中学，也毕了业。我的英文得力于高等小学里一位黄先生，他已经过世了。还有陈春台先生，他现在是北平著名的数学教师。这两位先生讲解英文真清楚，启发了我学习的兴趣；只恨我始终没有将英文学好，愧对这两位老师。还有一位戴子秋先生，也早过世了，我的国文是跟他老人家学着做通了的。那是辛亥革命之后在他家夜塾里的时候。中学毕业，我是十八岁，那年就考进了北京大学预科，从此就不常在扬州了。

　　就在十八岁那年冬天，父亲母亲给我在扬州完了婚。内人武钟谦女士是杭州籍，其实也是在扬州长成的。她从不曾去过杭州；后来同我去是第一次。她后来因为肺病死在扬州，我曾为她写过一篇《给亡妇》。我和她结婚的时候，祖父已死了好几年了。结婚后一年祖母也死了。他们两老都葬在扬州，我家于是有祖茔在扬州了。后来亡妇也葬在这祖茔里。母亲在抗战前两年过去，父亲在胜利前四个月过去，遗憾的是我都不在扬州；他们也葬在那祖茔里。这中间叫我痛心的是死了第二个女儿！她性情好，爱读书，做事负责任，待朋友最好。已经成人了，不知什么病，一天半就完了！她也葬在祖茔里。我有九个孩子。除第二个女儿外，还有一个男孩不到一岁就死在扬州；其馀亡妻生的四个孩子都曾在扬州老家住过多少年。这个老家直到今年夏初才解散了，但是还留着一位老年的庶母在那里。

我家跟扬州的关系，大概够得上古人说的"生于斯，死于斯，歌哭于斯"了。现在亡妻生的四个孩子都已自称为扬州人了；我比起他们更算是在扬州长成的，天然更该算是扬州人了。但是从前一直马马虎虎的骑在墙上，并且自称浙江人的时候还多些，又为了什么呢？这一半因为报的是浙江籍，求其一致；一半也还有些别的道理。这些道理第一桩就是籍贯是无所谓的。那时要做一个世界人，连国籍都觉得狭小，不用说省籍和县籍了。那时在大学里觉得同乡会最没有意思。我同住的和我来往的自然差不多都是扬州人，自己却因为浙江籍，不去参加江苏或扬州同乡会。可是虽然是浙江绍兴籍，却又没跟一个道地浙江人来往，因此也就没人拉我去开浙江同乡会，更不用说绍兴同乡会了。这也许是两栖或骑墙的好处罢？然而出了学校以后到底常常会遇到道地绍兴人了。我既然不会说绍兴话，并且除了花雕和兰亭外几乎不知道绍兴的别的情形，于是乎往往只好自己承认是假绍兴人。那虽然一半是玩笑，可也有点儿窘的。

还有一桩道理就是我有些讨厌扬州人；我讨厌扬州人的小气和虚气。小是眼光如豆，虚是虚张声势，小气无须举例。虚气例如已故的扬州某中央委员，坐包车在街上走，除拉车的外，又跟上四个人在车子边推着跑着。我曾经写过一篇短文，指出扬州人这些毛病。后来要将这篇文收入散文集《你我》里，商务印书馆不肯，怕再闹出"闲话扬州"的案子。这当然也因为他们总以为我是浙江人，而浙江人骂扬州人是会得罪扬州人的。但是我也并不抹煞扬州的好处，曾经写过一篇《扬州的夏日》，还有在《看花》里也提起扬州福缘庵的桃花。再说现在年纪大些了，觉得小气和虚气都可以算是地方气，绝不止是扬州人如此。从前自己常答应人说自己是绍兴人，一半又因为绍兴人有些憨气，而扬州人似乎太聪明。其实扬州人也未尝没憨气，我的朋友任中敏（二北）先生，办了这么多年汉民中学，不管人家理会不理会，难道还不够"憨"的！绍兴人固然有憨气，但是也许还有别的气我讨厌的，不过我不深知罢了。这也许是阿Q的想法罢？然而我对于扬州的确渐渐亲热起来了。

扬州真像有些人说的，不折不扣是个有名的地方。不用远说，李斗《扬州画舫录》里的扬州就够羡慕的。可是现在衰落了，经济上是一日千丈的衰落了，只看那些没精打采的盐商家就知道。扬州人在上海被称为江北老，这名字总而言之表示低等的人。江北老在上海是受欺负的，他们于是学些不三不四的上海话来冒充上海人。到了这地步他们可竟会忘其所以的欺负起那些新来的江北老了。这就养成了扬州人的自卑心理。抗战以来许多扬州人来到西南，大半都自称为上海人，就靠着那一点不三不四的上海话；甚至连这一点都没有，也还自称为上海人。其实扬州人在本地也有他们的骄傲的。他们称徐州以北的人为侉子，那些人说的是侉话。他们笑镇江人说话土气，南京人说话大舌头，尽管这两个地方都在江南。英语他们称为蛮话，说这种话的当然是蛮子了。然而这些话只好关着门在家里说，到上海一看，立刻就会矮上半截，缩起舌头不敢喷一声了。扬州真是衰落得可以啊！

我也是一个江北老，一大堆扬州口音就是招牌，但是我却不愿做上海人；上海人太狡猾了。况且上海对我太生疏，生疏的程度跟绍兴对我也差不多；因为我知道上海虽然也许比知道绍兴多些，但是绍兴究竟是我的祖籍，上海是和我水米无干的。然而年纪大起来了，世界人到底做不成，我要一个故乡。俞平伯先生有一行诗，说"把故乡掉了"。其实他掉了故乡又找到了一个故乡；他诗文里提到苏州那一股亲热，是可羡慕的，苏州就算是他的故乡了。他在苏州度过他的童年，所以提起来一点一滴都亲亲热热的，童年的记忆最单纯最真切，影响最深最久；种种悲欢离合，回想起来最有意思。"青灯有味是儿时"，其实不止青灯，儿时的一切都是有味的。这样看，在哪儿度过童年，就算哪儿是故乡，大概差不多罢？这样看，就只有扬州可以算是我的故乡了。何况我的家又是"生于斯，死于斯，歌哭于斯"呢？所以扬州好也罢，歹也罢，我总该算是扬州人的。

一九四六年九月二十五日作。

# 南　京

□ 朱自清

南京是值得留连的地方，虽然我只是来来去去，而且又都在夏天。也想夸说夸说，可惜知道的太少；现在所写的，只是一个旅行人的印象罢了。

逛南京像逛古董铺子，到处都有些时代侵蚀的遗痕。你可以摩挲，可以凭吊，可以悠然遐想；想到六朝的兴废，王谢的风流，秦淮的艳迹。这些也许只是老调子，不过经过自家一番体贴，便不同了。所以我劝你上鸡鸣寺去，最好选一个微雨天或月夜。在朦胧里，才酝酿着那一缕幽幽的古味。你坐在一排明窗的豁蒙楼上，吃一碗茶，看面前苍然蜿蜒着的台城。台城外明净荒寒的玄武湖就像大涤子的画。豁蒙楼一排窗子安排得最有心思，让你看的一点不多，一点不少。寺后有一口灌园的井，可不是那陈后主和张丽华躲在一堆儿的"胭脂井"。那口胭脂井不在路边，得破费点工夫寻觅。井栏也不在井上；要看，得老远地上明故宫遗址的古物保存所去。

从寺后的园地，拣着路上台城；没有垛子，真像平台一样。踏在茸茸的草上，说不出的静。夏天白昼有成群的黑蝴蝶，在微风里飞；这些黑蝴蝶上下旋转地飞，远看像一根粗的圆柱子。城上可以望南京的每一角。这时候若有个熟悉历代形势的人，给你指点，隋兵是从这角进来的，湘军是从那角进来的，你可以想像异样装束的队伍，打着异样的旗帜，拿着异样的武器，汹汹涌涌地进来，远远仿佛还有哭喊之声。假如你记得一些金陵怀古的诗词，趁这时候暗诵几回，也可印证印证，许更能领略作者当日的情思。

从前可以从台城爬出去，在玄武湖边；若是月夜，两三个人，两三个零落的影子，歪歪斜斜地挪移下去，够多好。现在可不成了，得出寺，下山，绕着大弯儿出城。七八年前，湖里几乎长满了苇子，一味地荒寒，虽有好月光，也不大能照到水上；船又窄，又小，又漏，教人逛着愁着。这几年大不同了，一出城，看见湖，就有烟水苍茫之意；船也大多了，有藤椅子可以躺着。水中岸上都光光的；亏得湖里有五个洲子点缀着，不然便一览无余了。这里的水是白的，又有波澜，俨然长江大河的气势，与西湖的静绿不同，最宜于看月，一片空蒙，无边无界。若在微醺之后，迎着小风，似睡非睡地躺在藤椅上，听着船底汩汩的波响与不知何方来的箫声，真会教你忘却身在那里。五个洲子似乎都局促无可看，但长堤宛转相通，却值得走走。湖上的樱桃最出名。据说樱桃熟时，游人在树下现买，现摘，现吃，谈着笑着，多热闹的。

清凉山在一个角落里，似乎人迹不多。扫叶楼的安排与豁蒙楼相仿佛，但窗外的景象不同。这里是滴绿的山环抱着，山下一片滴绿的树；那绿色真是扑到人眉宇上来。若许我再用画来比，这怕像王石谷的手笔了。在豁蒙楼上不容易坐得久，你至少要上台城去看看。在扫叶楼上却不想走；窗外的光景好像满为这座楼而设，一上楼便什么都有了。夏天去确有一股"清凉"味。这里与豁蒙楼全有素面吃，又可口，又贱。

莫愁湖在华严庵里。湖不大，又不能泛舟，夏天却有荷花荷叶。临湖一带屋子，凭栏眺望，也颇有远情。莫愁小像，在胜棋楼下，不知谁画的，大约不很古吧；但脸子开得秀逸之至，衣褶也柔活之至，大有"挥袖凌虚翔"的意思；若让我题，我将毫不踌躇地写上"仙乎仙乎"四字。另有石刻的画像，也在这里，想来许是那一幅画所从出；但生气反而差得多。这里虽也临湖，因为屋子深，显得阴暗些；可是古色古香，阴暗得好。诗文联语当然多，只记得王湘绮的半联云："莫轻他北地胭脂，看艇子初来，江南儿女无颜色。"气概很不错。所谓胜棋楼，相传是明太祖与徐达下棋，徐达胜了，太祖便赐给他这一所屋子。太祖那样人，居然也会做出这种雅事来了。左手临湖的小阁却敞亮得多，也敞亮得好。有曾国藩画像，忘记是谁横题着"江天小阁坐人豪"一句。我喜欢这个题句，"江天"与"坐人豪"，景象阔大，使得这屋子更加开朗起来。

秦淮河我已另有记。但那文里所说的情形，现在已大变了。从前读《桃花扇》《板桥杂记》一类书，颇有沧桑之感；现在想到自己十多年前身历的情形，怕也会有沧桑之感了。前年看见夫子庙前旧日的画舫，那样狼狈的样子，又在老万全酒栈看秦淮河水，差不多全黑了，加上巴掌大，透不出气的所谓秦淮小公园，简直有些厌恶，再别提做什么梦了。贡院原也在秦淮河上，现在早拆得只剩一点儿了。民国五年父亲带我去看过，已经荒凉不堪，号舍里草都长满了。父亲曾经办过江南闱差，熟悉考场的情形，说来头头是道。他说考生入场时，都有送场的，人很多，门口闹嚷嚷的。天不亮就点名，搜夹带。大家都归号。似乎直到晚上，头场题才出来，写在灯牌上，由号军扛着在各号里走。所谓"号"，就是一条狭长的胡同，两旁排列着号舍，口儿上写着什么天字号，地字号等等的。每一号舍之大，恰好容一个人坐着；从前人说是像轿子，真不错。几天里吃饭，睡觉，做文章，都在这轿子里；坐的伏的各有一块硬板，如是而已。官号稍好一些，是给达官贵人的子弟预备的，但得补褂朝珠地入场，那时是夏秋之交，天还热，也够受的。父亲又说，乡试时场外有兵巡逻，防备通关节。场内也竖起黑幡，叫鬼魂们有冤报冤，有仇报仇；我听到这里，有点毛骨悚然。现在贡院已变成碎石路；在路上走的人，怕很少想起这些事情的了吧?

明故宫只是一片瓦砾场，在斜阳里看，只感到李太白《忆秦娥》的"西风残照，汉家陵阙"二语的妙。午门还残存着，遥遥直对洪武门的城楼，有万千气象。古物保存所便在这里，可惜规模太小，陈列得也无甚次序。明孝陵道上的石人石马，虽然残缺零乱，还可见泱泱大风；享殿并不巍峨，只陵下的隧道，阴森袭人，夏天在里面待着，凉风沁人肌骨。这陵大概是开国时草创的规模，所以简朴得很；比起长陵，差得真太远了。然而简朴得好。

雨花台的石子，人人皆知；但现在怕也捡不着什么了。那地方毫无可看。记得刘后村的诗云："昔年讲师何处在，高台犹以'雨花'名。有时宝向泥寻得，一片山无草敢生。"我所感的至多也只如此。还有，前些年南京枪决囚人都在雨花台下，所以洋车夫遇见别的车夫和他争先时，常说，"忙什么! 赶雨花台去! "这和从前北京车夫说"赶菜市口儿"一样。现在时移势异，这种话渐渐听不见了。

燕子矶在长江里看，一片绝壁，危亭翼然，的确惊心动魄。但到了上边，逼窄污秽，毫无可以盘桓之处。燕山十二洞，去过三个。只三台洞层层折折，由幽入明，别有匠心，可是也年久失修了。

南京的新名胜，不用说，首推中山陵。中山陵全用青白两色，以象征青天白日，与帝王陵寝用红墙黄瓦的不同。假如红墙黄瓦有富贵气，那青琉璃瓦的享堂，青琉璃瓦的碑亭却有名贵气。从陵门上享堂，白石台阶不知多少级，但爬得够累的；然而你远看，决想不到会有这么多的台阶儿。这是设计的妙处。德国波慈达姆无愁宫前的石阶，也同此妙。享堂进去也不小；可是远处看，简直小得可以，和那白石的飞阶不相称，一点儿压不住，仿佛高个儿戴着小尖帽。近处山角里一座阵亡将士纪念塔，粗粗的，矮矮的，正当着一个青青的小山峰，让两边儿的山紧紧抱着，静极，稳极。——谭墓没去过，听说颇有点丘壑。中央运动场也在中山陵近处，全仿外洋的样子。全国运动会时，也不知有多少照相与描写登在报上；现在是时髦的游泳的地方。

若要看旧书，可以上江苏省立图书馆去。这在汉西门龙蟠里，也是一个角落里。这原是江南图书馆，以丁丙的善本书室藏书为底子；词曲的书特别多。此外中央大学图书馆近年来也颇有不少书。中央大学是个散步的好地方。宽大，干净，有树木；黄昏时去兜一个或大或小的圈儿，最有意思。后面有个梅庵，是那会写字的清道人的遗迹。这里只是随宜地用树枝搭成的小小的屋子。庵前有一株六朝松，但据说实在是六朝桧；桧阴遮住了小院子，真是不染一尘。

南京茶馆里干丝很为人所称道。但这些人必没有到过镇江，扬州，那儿的干丝比南京细得多，又从来不那么甜。我倒是觉得芝麻烧饼好，一种长圆的，刚出炉，既香，且酥，又白，大概各茶馆都有。咸板鸭才是南京的名产，要热吃，也是香得好；肉要肥要厚，才有咬嚼。但南京人都说盐水鸭更好，大约取其嫩，其鲜；那是冷吃的，我可不知怎样，老觉得不大得劲儿。

一九三四年八月十二日作。